Wang Zengqi

Selected Works

《汪曾祺别集》编辑委员会

顾问：汪　明　汪　朝
主编：汪　朗
编委：苏　北　龙　冬　顾建平　徐　强
　　　陶庆梅　杨　早　凌云岚　王树兴
　　　宋丽丽　汪　卉　齐　方　李建新

汪曾祺别集

汪 朗 主编

非往事集

徐 强 编

浙江文艺出版社

作者,摄于二十世纪八十年代中期

唐门三杰

汪曾祺

《淮南子·泰族训》:"故智过万人者谓之英,千人者谓之俊,百人者谓之豪,十人者谓之杰。"从诗·周颂·载芟》:"有厌其杰。"孔颖达疏:"杰者莠苗挺出之貌。杰,谓其中特美者。"

唐老大、唐老二、唐老三。唐佳喜、唐佳田、唐佳禄。他们是"门里出身",生来就学的就是唱戏。他们的老爷子就是唱戏。他们学艺的时候,老爷子认为他们正是吃得苦,要学戏没唱了,要挨揍活捱揍,想得有点上瘾,一天,半月儿,没啥!还是唱戏儿,下得了。有空闲少,爷爷想出:有出去,同行自个眼红,不会使挨了,练不挺罩。 出了科,哥仨是一个剧团演活。老大行武,老二打大锣,老三打小

《唐门三杰》手稿

作者画作

作者画作

出版说明

二〇二〇年是作家汪曾祺先生诞辰一百周年。为纪念汪先生，我们编选了这套《汪曾祺别集》。

汪曾祺的老师沈从文先生辞世后，家属借岳麓书社提议出版沈先生作品的机会，与吉首大学沈从文研究室合作，编选了一套二十册袖珍本集子，并根据汪曾祺先生的建议，定名为《沈从文别集》。这套选本款式朴素大方，编选方面的特别处在于，除了旧作，每本书前面增加了一些杂感、日记、检查、书信，以帮助读者更全面地理解作者和他的作品。

《汪曾祺别集》即参照《沈从文别集》的体例，从目前所见的汪曾祺全部作品中精选出二十册小书，在纪念汪先生的同时，向沈先生致敬。

本书大致依体裁、主题分集，希望在编辑、校订方面尽可能精审，遵循的基本原则如下：

一、以初版本或作者改订本为底本，参校以初刊本，作者手稿、手校本。不论所据底本为何种形式，全书统一为简体横排，标点符号统一为新式标点。

二、底本误植处，据校本或上下文可明确推断所误为何，由编者径改；底本与他本相抵牾而无法判断者一仍其旧。

三、可见作者习惯的异体字不做改动；通假字，侧重记音的方言用字，象声词，及外国人名、地名译法，仍存旧貌；意义完全相同的同一字，及同一人、地、物名，在同一篇内保持一致。

四、在早期作品中，作者习惯使用或现代文学创作中尚不规范的"的"、"地"、"得"、"做"、"作"、"那"、"哪"等词用法，不强做规范处理。

五、全书中的数字，除特殊情况外，统一为中文数字形式。

六、题注、收信人简介以仿宋体排于篇首页页下。正文中作者原注和编者注均以脚注形式标在当页。作者原注排为宋体；编者所做的必要注释以"编者注"字样标出，排为仿宋体。

七、独立成段的引文统一使用仿宋体，另行起排，段首缩进两字。

八、每篇文章的题注以脚注形式标在篇首页，排为仿宋体。所注信息包括初次发表时间、报刊名（初刊），初版图书名（初收）等。涉及的初版图书包括以下版本：

《邂逅集》，文化生活出版社一九四九年四月版；

《羊舍的夜晚》，中国少年儿童出版社一九六三年一月版；

《汪曾祺短篇小说选》，北京出版社一九八二年二月版；

《晚饭花集》，人民文学出版社一九八五年三月版；

《汪曾祺自选集》，漓江出版社一九八七年十月版；

《晚翠文谈》，浙江文艺出版社一九八八年三月版；

《茱萸集》，联合文学出版社一九八八年九月版；

《蒲桥集》，作家出版社一九八九年三月版；

《旅食集》，广东旅游出版社一九九二年四月版；

《世界历史名人画传·释迦牟尼》，江苏教育出版社一九九二年七月版；

《汪曾祺小品》，中国人民大学出版社一九九二年十月版；

《中国当代作家选集丛书·汪曾祺》，人民文学出版社一九九二年十二月版；

《汪曾祺散文随笔选集》，沈阳出版社一九九三年六月版；

《菰蒲深处》，浙江文艺出版社一九九三年六月版；

《榆树村杂记》，中国华侨出版社一九九三年九月版；

《草花集》，成都出版社一九九三年九月版；

《汪曾祺文集》（五卷），江苏文艺出版社一九九三年九月版；

《塔上随笔》，群众出版社一九九三年十一月版；

《中国当代名人随笔·汪曾祺卷》，陕西人民出版社一九九三年十二月版；

《矮纸集》，长江文艺出版社一九九六年三月版；

《逝水》，中国青年出版社一九九六年三月版；

《独坐小品》，宁夏人民出版社一九九六年十一月版；

《去年属马》，北京燕山出版社一九九七年八月版；

《中国当代才子书·汪曾祺卷》，长江文艺出版社一九九七年九月版；

《汪曾祺全集》（八卷），北京师范大学出版社一九九八年八月版；

《汪曾祺全集》（十二卷），人民文学出版社二〇一九年一月版。

题注中只列上述书名，不另标注出版时间和出版社名；

《汪曾祺全集》以"北师大版"和"人民文学版"作为区分。

虽已竭尽全力,本书仍可能存在各种问题,期待读者诸君批评指谬。

《汪曾祺别集》编辑委员会
二〇一九年十二月六日

总　序

别集，本来是汪曾祺为老师沈从文的一套书踅摸出的名字，如今用到了他的作品集上。这大概是老头儿生前没想到的。

沈先生的夫人张兆和在《沈从文别集》总序中说："从文生前，曾有过这样愿望，想把自己的作品好好选一下，印一套袖珍本小册子。不在于如何精美漂亮，不在于如何豪华考究，只要字迹清楚，款式朴素大方，看起来舒服。本子小，便于收藏携带，尤其便于翻阅。"这番话，用来描述《汪曾祺别集》的出版宗旨，也十分合适。简单轻便，宜于阅读，是这套书想要达到的目的。当然，最好还能精致一点。

这套书既然叫别集，似乎总得找出点有"别"于"他集"的地方。想来想去，此书之"别"大约有三：

一是文字总量有点儿不上不下。这套书计划出二十本，约二百万字。比起市面上常见的汪曾祺作品选集，字数要多出不少，收录文章数量自然也多，而且小说、散文、文学评论、剧本、书信等各种体裁作品全有，可以比较全面地反映他的创作风格。若是和人民文学出版社新近出版的《汪曾祺全集》相比，《别集》字数又要少许多。《全集》有十二卷，约四百万字，是《别集》的两倍，还收录了许多老头儿未曾结集出版的文章。不过，《全集》因为收文要全，也有不利之处，就是一些文章的内容有重复，特别是老头儿谈文学创作体会的文章。汪曾祺本不是文艺理论家，但出名之后经常要四处瞎白话儿，车轱辘话来回说，最后都收进了《全集》。这也是没办法的事情。《别集》则可以对文章进行筛选，内容会更精当些。就像一篮子菜，择去一部分，品质总归会好一点儿。

二是编排有点儿不伦不类。这套书在每一本的最前面，大都要刊登老头儿几篇与本书有点儿关联的文章，有书信，有序跋，还有他被打成右派的"罪证"和下放劳动时写的思想汇报。在正文之前添加这些"零碎儿"，可以让读者从多个角度了解汪曾祺其文其人。这种方式算不得独创，《沈从文别集》就是这么编排的，只是一般书很少这么做。也算是一别吧。

再有一点,是编者有点儿良莠不齐。这套书的主持者,以五十岁左右的中年人居多,他们大都对汪曾祺的作品有着深入了解,也编过他的作品集。有的当年常和老头儿一起喝酒聊天,把家里存的好酒都喝得差不多了;有的是专攻现当代文学的博士;有的被评为"第一汪迷";有的参加过《汪曾祺全集》的编辑;有的对他的戏剧创作有专门研究……这些人能够聚在一起编《汪曾祺别集》,质量当然有保证。其中也有跟着混的,北京话叫"塔儿哄",就是汪曾祺的孙女和外孙女。她们对老头儿的作品虽然有所了解,但是独立编书还差点儿火候。好在大事都有专家把控,她们挂个名,跟着敲敲边鼓,不至于影响《别集》的质量。

这套《汪曾祺别集》是好是坏,还要读者说了算。

汪 朗

二〇一九年十月二十五日

目　录

诗选

自画像

——给一切不认识我的和一个认识我的。 ———— 1

消息

——童话的解说之一 ———— 5

封泥

——童话的解说之二 ———— 12

书信选

致《北京文学》编辑部　一九八四年三月二十二日 ———— 17

致陆建华　一九八六年六月二十七日 ———— 18

致崔道怡 一九八六年七月六、七日 ——— 20

致刘琛 一九九五年五月二十五日 ——— 22

致刘琛 一九九五年十月二十七日 ——— 23

小说选

天鹅之死 ——— 25

尾巴 ——— 34

讲用 ——— 36

虐猫 ——— 48

八月骄阳 ——— 51

生前友好 ——— 64

红旗牌轿车 ——— 67

狗八蛋 ——— 71

子孙万代 ——— 74

非往事 ——— 80

窥浴 ——— 92

唐门三杰 ——— 96

死了 ——— 104

当代野人 ——— 108

不朽 ——— 122

当代野人系列三篇 ——— 129

熟人 ——— 141

梦 ——— 142

历史 ——— 145

焦满堂 ——— 149

祁茂顺 ——— 151

八宝辣酱 ——— 156

非常年代里的人性小景 ——— 徐强 162

自 画 像
——给一切不认识我的和一个认识我的。

我一手拿支笔,
一手捏一把刀,
把镇定与大胆集成了焦点,
命令万种颜色皈依我的意向,
一口气吹散满室尘土,
教画布为我的眼睛心寒:

用绿色画成头发,再带点鹅儿黄,
好到故乡小溪的雾里摇摇,
听许多欲言又止的梦话,

---

* 初刊于一九四一年九月十七日香港《大公报·文艺》第一一八四期,初收于人民文学版《汪曾祺全集》第十一卷。

也许有几丝被季候染白了的,
摇摇欲坠,坠落波心,
更随流水流到天涯!
用浅红描两瓣修眉,
待开出恬静的馨香,
谁需要,我送给她,
随她爱簪在鬓边,
爱别在襟头,
到残谢的时候,
随意抛了也好。

还有嘴唇呢,
那当然是淡淡的天青,
(谁知道那有甚么用,)
春日里,风飘着
带有蝶粉的头巾,
如果白云下有寂寞吹拂,我愿意厮伴着黄昏。
休要让霜雪铺满了空地,
还得涂上点背景,
我抹遍所有的颜色,
织成了孩子的窗帘。

然后放下画笔,
抽口烟,看烟圈儿散入带雨的蓝天。

彗星辛辛苦苦地绕过一个大圈子。
太阳替自己造成了午夜。

拍地抛去烟蒂头,花,花,花,
刮去了布上那片繁华,
散成碎屑,
飞舞在我的周身。
只留得一双眼睛,
涂过上千种颜色,
又大,又黑,盯看我,教我直寒噤。
也许,也许,
总有一个时候吧,
会凝成星星明灭的金光。

悬挂在甚么地方呢?
让风吹在天上吧。
附在萍藻的叶背,
在记忆之外闪着幽光?

自 画 像——给一切不认识我的和一个认识我的。

但是,亲爱的,我担心,
天上也有冰河纪!

       为纪念我的生日而作
     三十年二月十六日晚草成。

消 息
——童话的解说之一

亲爱的,你别这样,
别用含泪的眼睛对我,
我不愿意从静水里
看久已沉积的悲哀,
你看我如叙述一篇论文,
删去一般不必要的符号,
告诉你,我老了……
如江南轻轻的有了秋天,

二月天在一朵淡白的杜鹃花上谢落了,

＊初刊于一九四一年六月十二日昆明《中央日报·文艺》,初收于人民文学版《汪曾祺全集》第十一卷。

又飘向何方。我还未看清自己的颜色。

只是,我是个老人,
而你,你依旧年青,

我能想起第一回
在我的嘴里有衰老的名字,
又甚么时候遗忘了诧异,
我也能在青灯前
为你说每一根白发的故事,
可是,我不能,
因为你有黑而大的眼睛。
当我辞退了形容词,
忙碌于解剖一具历史的标本

是的,我也年青过,
那是你记得的,
我浪费了又尊敬了的。
而现在,我遥望它微笑。

玻璃瓦下的砖缝里种一颗燕麦,

不经摇曳便熟了，
一穗萎弱的年华
挂几片瘵死的希望，
交付一把不说故事的竹帚
更向自己学会了原谅。

我年青过，
那多半是因为你。
但是衰老是无情的，
因为人们以无情对衰老。
我仍将干了的花朵还你，
再为你破例的说我自己。

在那边，在那边，……
哦，你别这样。

慢慢的，慢慢的……
我还能在心里
找出一点风化的温柔，
如破烂的调色板上
有变了色的颜色。

忘了你，也忘了我，
听我说一个笑话：

一个年青人
依照自己的意思，
（虽然仍得感谢上帝。）
在深黑的纸上画过自己，
一次，又一次，
说着崇高，说着美丽，
为一切好看的声音
校正了定义，
像一只北极的萤虫，
在嘶鸣的水上
记下了素洁。

为怕翻搅的浓腻的彩色，
给灵魂涂一层香油，
（永远柔润的滋液）
透明外有幽幻的虹光了，
可是，"防火水中"——
生于玉泉的香草也烂了根叶，

看严冰也开出了紫焰呢,亲爱的……

你看过一滴深蓝
在清水里幻想
大理石的天空,
又怎样淡了记忆,

你看见过那胡桃
怎样结成了硬壳,
为自己摘下之后
在壳肉之间
有多么奇异的空隙,

你看见过么,亲爱的,
一只秋蝇用昏晕的复眼
在黏湿的白热灯前
画成了迂回的航线,

破落的世第的女墙里
常常排开辉煌的夜宴,
折脚的螃蟹拼命挤出

镡[1]口陈年的酒花，
落了香色的树木
绿照了不卷帘的窗子，

我老了，但我为我的疲倦
工作，而我的疲倦为我的
休息，所有的诳话
说得自己相信了
便成了别人崇服的真理。
我学会宗教家可敬的卑劣。

我老了，你听我的声音，
平静得太可怕么，
你还很年青，不要
教眼角的神经太酸痛，
走，我们到幽邃的林子里
去散步，虽然你来的时候
已经经过艰苦的跋涉，
你，朝山的行客，亲爱的，
连失望也不要带走。

---

[1] "镡"疑为"罈（坛）"。——编者注

像从前一样,
我伸给你一只手臂,
这是你的头巾,
这是你的斗篷,
像一个病愈的人
我再递给一根手杖。

我再也不会对无恒有恒,
你再来看我,当你
失去了所有的镜子的时候,
你来看我心上衰老的须根。

　　这是从日记里,从偶然留下的信札里,从读书时的眉批里,从一些没有名字的字片里集起来的破碎的句子,算是一个平凡人的文献,给一些常常问我为甚么不修剪头发的人,并谢谢他们。

　　　　　　　　　卅年,昆明雨季的开始时候。

封　泥
——童话的解说之二

姐姐带着钥匙吧，

最长的季节来了，

去看看我们的园子，

虽然我记得

最初一次离开的时候

并未一动虚掩的园门，

可是有风呢，

动的风和静的风。

甚么也别带

---

* 初刊于一九四一年八月十六日昆明《中央日报·文艺》，初收于人民文学版《汪曾祺全集》第十一卷。

连记忆和遗忘,
姊姊,我正要那块
石碑上的字也
教目光摩平了,
我们的园子最好
连荒芜也没有。

秋天常是又高又大的
它将在一切旧址上
平铺了明蓝的荫:

溶静静满园空间与时间
把幻想压成一叠水成岩,
让它作不伤舟客的暗礁,
怀想也像蒲公英的轻絮,
在睫毛飘忽的天涯
在一个空白里,散开了,
不给影子以重量。

这是最深的一点,
从开端来的,又

引向最后去。
是淡的,还是淡的,
并且也不必计算
那个总和,姊姊,
我们说,即使苦,
即使苦,……

冷水上流着的
是无主的梦么,
不去理那些铭记的
日月,用最大的
勇气与恒心
去懒吧,姊姊,
更温和一点,
你知道这园子的邻近
有许多用希望栽花的。

不要漏出一点消息,
可是,我怕我是个
多话的孩子,姊姊,
我说着牧羊人的

谎话，好不好，我说：

  我们园里的树上

  开满淡白的蝴蝶，

  （还有红的，还有金的，

  还有颜色以外的！）

  青的虔诚的梦

  有水红色的嫩根，

  我们的柳丝是，是，

  流着醉的睇视的

  柔发，流着许多

  甜的热度

我说得不美丽时

我们的园子会帮助我。

我有更多的祝福，施给

自己过的，该施给别人了，现在。

我们教那些

等待的去追求，

教那些沉默的

去唱歌，教薄待

青春的去学学

秋天以前的风。

我们以别人的欢乐
来娱悦自己吧,姊姊。

怎么,姊姊不说话了,
看露水湿了你的趾尖。
很凉呢,尤其是秋天。
回去了,轻轻的,
让虚掩的门仍旧
虚掩着,陌生的
孩子不会来的,
他们从未见过
一座不锁门的园子,
轻轻的走,并告诉自己
我们没有又来过一次。

　　　　　　　　　　六月十八日天雨

致《北京文学》编辑部[1]　一九八四年三月二十二日

文中提到的叶浅予为老舍先生画的像,可能还在。不知在胡絜青还是在叶的手里。如在,可向她(或他)借来制版作插图。如已毁于"文革"中,则请在这一段的末尾加上"(此图已毁于'文化大革命'中,可惜!)"。

丁聪曾为老舍先生画像,很像。也可设法找来作他文的插图。

封二、封三可用老舍先生的藏画。只怕制版来不及了。

其实这一期可以搞成"老舍专号"的,发几篇纪念文章,重新发表他的某些作(品)并附评介,以及他的书信、手迹。现在是来不及了!

曾祺

三月廿二日

寺名如打听不到,可写作"××寺(寺名我不记得了)"。

---

[1] 一九八四年三月,作者应《北京文学》之约撰写散文《老舍先生》(刊于《北京文学》一九八四年第五期),此为向编辑交代有关事宜的附信。

致陆建华[1]　一九八六年六月二十七日

建华：

你最近给我的两信都收到。鸭蛋收到，谢谢。高邮鸭蛋还真是名不虚传，其特点是肉质细腻，味道浓，——虽然现在的鸭蛋似乎没有过去的油多了。偶有客来，煮几个给他们尝尝，无不称赞。本想留一部分送人，不想已经吃得差不多了。鸭蛋已快吃完，信却没有回，真不像话！

原因是比较忙。前应《北京晚报》之约，开一专栏，一气写了八篇小东西。近又为《人民文学》赶一篇小说，是纪念老舍之死的。纪念老舍之死而要写成小说，真不好办！这篇东西已交稿，如果通过，将于八月发表。——老舍是八月二十四日死的。这几天还要为《北京文学》捉摸一篇"京味小说"。林斤澜当了主编，第一炮想打出"京味小说"，我不得不捧他的场。这种由别人出题目的小说是写不好的，我过去也从未这样干过。但愿能打七十分，不要自己砸了牌子。

高邮县文联成立了，似乎小小热闹了一阵。副主席陈其昌来了一封信，说给我的请柬寄晚了，很抱歉，他要我送县

---

[1] 陆建华，一九四〇年生，江苏高邮人，历任高邮县临泽中学教师、高邮县文教局创作组干部、高邮市委宣传部副部长、江苏省委宣传部文艺处处长。

文联一本《晚饭花集》，还要在扉页上写几句话。写了一首绝句：

　　风流千古说文游，

　　烟柳隋堤一望收。

　　座上秦郎今在否？

　　与卿同泛甓湖舟。

给我寄来了两期《珠湖》，我看了一下。我有点担心。一是从文联成立的首长讲话中看不出他们准备办几件什么实事。比如搞一个秦少游研究会、王西楼研究会，搜集历代写及高邮的诗文，——县志里就不少，有些写得很好……一是看看青年作者的作品，都比较稚弱，思想、感情都浅，还停留在习作阶段，一时还看不出能出什么尖子。我看关键在领导，没有有识之士愿为家乡的文艺事业耕耘劳作，付出心血。这个县文联恐怕将不免成为一个空架子。

我今年秋后大概会回江苏一次。叶至诚已经邀了我几年。我大概和林斤澜同来，时间可能在十月，因为至诚说要我回来吃螃蟹。临行前会有信给你。

《新华日报》的文章我是应该写的，但要过些时。

匆覆，即候

文祺！

曾祺　六月廿七日

致崔道怡[1]　一九八六年七月六、七日

道怡同志：

　　信悉。

　　老舍先生在孔庙挨打，大概是事实。据杨沫回忆，他从孔庙被送回市文联时，头上顶了一块手绢；舒乙的文章则说他头部受伤流血，被人用一个戏装的水袖随便地包扎了一下。看来他挨打主要是在孔庙。至于被送回市文联后是否还挨了打，现有文章未提及。林斤澜是市文联在场目击者，他跟我多次谈过老舍之死，没有说他在市文联挨打事。舒乙文章说他去收尸时看到老舍先生身上有血嘎巴，我觉得老舍先生的伤多半是在孔庙挨打留下的。小说为什么没有提及市文联当天的事，是因为我所设想的那个京剧演员刘宝利不大可能到市文联去。略去市文联一节，也可免掉许多麻烦。老舍先生在孔庙挨打与在市文联扔牌子被划为"现行反革命"是一天的事，杨文、舒文有出入。我觉得似是一天的事。不然，老舍先生在孔庙挨打之后的一天，文皆缺记，不可解。因此，我以为小说涉及处可不改。为了稳妥，可以不说"昨儿"，也不说"那天"，含糊其辞较好，免得有乖史实。校样

---

[1] 崔道怡，一九三四年生，辽宁铁岭人，历任《人民文学》杂志编辑、编辑部副主任、副主编。

看后，我再酌改，如何？

插画当然好。但是画什么呢？画三个看到老舍先生遗体的人？不好画。我觉得可以找一张与小说无关的画。叶浅予曾给老舍作过一张白描的画像，老舍坐在花丛中的藤椅上，甚精彩，也好制版。可问问浅予和胡絜青，这张画还能找到否？我记得此画曾在《新观察》发表过，用此件复制也行，请找找。

曾祺

七月六日

今天早上想起：七月十五日我将到密云水库去开北京市戏曲创作会议，会期约半个月。你们的校样如在二十日送给我，我看不到。——送到密云，又太费事。那么，删改事由你全权处理了吧。怎么删改都行，只要上下文接得上气。

刘宝利说孔庙的事，不必说是"昨儿个"；说老舍在孔庙挨打事也不必说"那天"，只说孔庙挨打的，有他，就行了。

曾祺

七月七日

致刘琛[1]　一九九五年五月二十五日

琛子：

昨天收到来信，很高兴。

你要写我，我当然同意，欣然同意。但是我不知道你怎么写。我有什么可写的呢？我看了不少篇写我的印象记之类的文章，说来说去无非是那几句话，而且是互相转抄，实在没有多大意思。看完了，我都随手置之，不保留（有的作家是很在乎别人怎么写他的）。希望你能别出心裁，说出点未经人道的话。你写吧，我相信你能写好。

为了配合你的文章，我也许会给《作品》一篇小说（或寄给你，由你过目后转给他们）。我有一篇短小说被《辽宁日报》拿去，我叫他们寄一份复印样给我。辽宁、广东，一北一南，一稿两寄想来关系不大。我正在酝酿另一篇小说，写成了，也许把这篇寄给你。

我的肝病似有好转。最近在吃一种奇怪的东西，——蚂蚁。我前到中医院看了一次，拿回三十付中药。现在一天到晚吃药。我的肝病无症状，倒是疝气影响行动，小肠随时会"出溜"下来。因此我谢绝一切活动，在家静养。

---

[1]　刘琛，一九六七年生，北京人，编剧、学者，现任教于中山大学，时任广州白马广告有限公司总监助理。

看你的信,似乎活得还挺来劲。能到三亚这种地方去做广告,证明并不消沉。你还能疯,这很好。

你还是那样吗?站立,走动是不是还是两边晃?

我很想你。

北京天气很热,最高温度是30℃,比广东还高。老不下雨,真奇怪。

上帝保佑你!

曾祺　五月二十五日

施阿姨附笔问候。

致刘琛　一九九五年十月二十七日

琛子:

信及《作品》都收到。在此之前,《作品》编辑部已将刊物二本,稿费二百元(《窥浴》一百六十,画四十)寄给我,便中可转告他们一声。

《窥浴》曾为《沈阳日报》[1]拿去,主编不敢用,这很好,

---

[1]　前信称"有一篇短小说被《辽宁日报》拿去",究竟何报未详。——编者注

我干嘛要到沈阳这样土地方去发表一篇东西!

你写老疯子的文章很流畅,但我不太满意,对我的思想性格写得不深。这也难怪,我们接触得还不太多,你又是比较外向的人,不大会深思。这样也好,感觉到多少说多少,不像一些访问我的记者,浅浅地接触,但玩深沉。以后有机会咱们再略作深谈,我愿意让你把我"穿刺"一番。你还是一块料,不过得打磨打磨,能够知人论世,不要只是写广告。

老伴说,《作品》把她的名字排成了"施格卿",冇关海!

我二十九日到温州去一趟,约十日即回,以后再联系。匆问近好!

老疯子 十月二十七日

天鹅之死

"阿姨,都白天了,怎么还有月亮呀?

"阿姨,月亮是白色的,跟云的颜色一样。

"阿姨,天真蓝呀。

"蓝色的天,白色的月亮,月亮里有蓝色的云,真好看呀!"

"真好看!"

"阿姨,树叶都落光了。树是紫色的。树干是紫色的。树枝也是紫色的。树上的风也是紫色的。真好看!"

"真好看!"

"阿姨,你好看!"

---

* 初刊于一九八一年四月十四日《北京日报》,初收于《汪曾祺自选集》。文后标注"一九八七年六月七日校,泪不能禁"为初版本所加。

"我从前好看。"

"不!你现在也好看。你的眼睛好看。你的脖子,你的肩,你的腰,你的手,都好看。你的腿好看。你的腿多长呀。阿姨,我们爱你!"

"小朋友,我也爱你们!"

"阿姨,你的腿这两天疼了吗?"

"没有。要上坡了,小朋友,小心!"

"哦!看见玉渊潭了!"

"玉渊潭的水真清呀!"

"阿姨,那是什么?雪白雪白的,像花一样的发亮,一,二,三,四。"

白蕤从心里发出一声惊呼:

"是天鹅!"

"是天鹅?"

"冬泳的叔叔,那是天鹅吗?"

"是的,小朋友。"

"它们是怎么来的?"

"它们是[1]自己飞来的。"

"它们从哪儿飞来?"

"从很远很远的北方。"

---

1 "是"为初版本所加。——编者注

"是吗？——欢迎你，白天鹅！"

"欢迎你到我们这儿来作客！"

天鹅在天上飞翔，

去寻找温暖的地方。

飞过了大兴安岭，

雪压的落叶松的密林里，闪动着鄂温克族狩猎队篝火的红光。

白藄去看乌兰诺娃，去看天鹅。

大提琴的柔风托起了乌兰诺娃的双臂，钢琴的露珠从她的指尖流出。

她的柔弱的双臂伏下了。

又轻轻地挣扎着，抬起了脖颈。

钢琴流尽了最后的露滴，再也没有声音了。

天鹅死了。

白藄像是在一个梦里。

她的眼睛里都是泪水。

她的眼泪流进了她的梦。

天鹅在天上飞翔，

去寻找温暖的地方。

飞过了呼伦贝尔草原,
草原一片白茫茫。
圈儿河依恋着家乡,
它流去又回头。
在雪白的草原上,
画出了一个又一个铁青色的圆圈。

白蕤考进了芭蕾舞校。经过刻苦的训练,她的全身都变成了音乐。

她跳《天鹅之死》。

大提琴和钢琴的旋律吹动着她的肢体,她的手指和足尖都在想象。

天鹅在天上飞翔,
去寻找温暖的地方。

某某去看了芭蕾。

他用猥亵的声音说:

"这他妈的小妞儿!那胸脯,那小腰,那么好看的大腿!……"

他满嘴喷着酒气。

他做了一个淫荡的梦。

天鹅在天上飞翔,
去寻找温暖的地方。

"文化大革命"。中国的森林起了火了。
白藙被打成了现行反革命。因为她说:
"《天鹅之死》就是美!乌兰诺娃就是美!"

天鹅在天上飞翔。
某某成了"工宣队员[1]"。他每天晚上都想出一种折磨演员的花样。
他叫她们背着床板在大街上跑步。
他叫她们做折损骨骼的苦工。
他命令白藙跳《天鹅之死》。
"你不是说《天鹅之死》就是美吗?你给我跳,跳一夜!"
录音机放出了音乐。音乐使她忘记了眼前的一切。她快乐。
她跳《天鹅之死》。

---

[1] 初刊本为"宣传队员",初版本改为"工宣队员"。从初版本。——编者注

她看看某某,发现他的下牙突出在上牙之外。北京人管这种长相叫"地包天"。

她跳《天鹅之死》。

她羞耻。

她跳《天鹅之死》。

她愤怒。

她跳《天鹅之死》。

她摔倒了。

她跳《天鹅之死》。

天鹅在天上飞翔,
去寻找温暖的地方。
飞过太阳岛,
飞过松花江。
飞过华北平原,
越冬的麦粒在松软的泥土里睡得正香。
经过长途飞行,天鹅的体重减轻了,但是翅膀上增添了力量。

天鹅在天上飞翔,
在天上飞翔,

玉渊潭在月光下发亮。

"这儿真好呀!这儿的水不冻,这儿暖和,咱们就在这儿过冬,好吗?"

四只天鹅翩然落在玉渊潭上。

白蕤转业了。她当了保育员。她还是那样美,只是因为左腿曾经骨折,每到阴天下雨,就隐隐发痛。

自从玉渊潭来了天鹅,她隔两三天就带着孩子们去看一次。

孩子们对天鹅说:

"天鹅天鹅你真美!"

"天鹅天鹅我爱你!"

"天鹅天鹅真好看,"

"我们和你来作伴!"

甲、乙两青年,带了一枝猎枪,偷偷走近玉渊潭。

天已经黑了。

一声枪响,一只天鹅毙命。其余的三只,惊恐万状,一夜哀鸣。

被打死的天鹅的伴侣第二天一天不鸣不食。

傍晚七点钟时还看见它。

半夜里,它飞走了。

白蕤看着报纸,她的眼前浮现出一张"地包天"的脸。

"阿姨,咱们去看天鹅。"

"今天不去了,今天风大,要感冒的。"

"不嘛!去!"

天鹅还在吗?

在!

在那儿,在靠近南岸的水面上。

"天鹅天鹅你害怕吗?"

"天鹅天鹅你别怕!"

湖岸上有好多人来看天鹅。

他们在议论。

"这个家伙,这么好看的东西,你打它干什么?"

"想吃天鹅肉。"

"想吃天鹅肉。"

"都是这场'文化大革命'闹的!把一些人变坏了,变得心狠了!不知爱惜美好的东西了!"

有人说,那一只也活不成。天鹅是非常恩爱的。死了一只,那一只就寻找一片结实的冰面,从高高的空中摔下来,把自己的胸脯在坚冰上撞碎。

孩子们听着大人的议论,他们好像是懂了,又像是没有懂。他们对着湖面呼喊:

"天鹅天鹅你在哪儿?"

"天鹅天鹅你快回来!"

孩子们的眼睛里有泪。

他们的眼睛发光,像钻石。

他们的眼泪飞到天上,变成了天上的星。

一九八〇年十二月二十九日清晨
一九八七年六月七日校,泪不能禁。

尾 巴

人事顾问老黄是个很有意思的人。工厂里本来没有"人事顾问"这种奇怪的职务,只是因为他曾经做过多年人事工作,肚子里有一部活档案;近二年岁数大了,身体也不太好,时常闹一点腰酸腿疼,血压偏高,就自己要求当了顾问,所顾的也还多半是人事方面的问题,因此大家叫他人事顾问。这本是个外号,但是听起来倒像是个正式职称似的。有关人事工作的会议,只要他能来,他是都来的。来了,有时也发言,有时不发言。他的发言有人爱听,有人不爱听。他看的杂书很多,爱讲故事。在很严肃的会上有时也讲故事。下面就是他讲的故事之一。

厂里准备把一个姓林的工程师提升为总工程师,领导层

* 初刊于《百花园》一九八三年第四期,初收于《晚饭花集》。

意见不一,有赞成的,有反对的,已经开了多次会,定不下来。赞成的意见不必说了,反对的意见,归纳起来,有以下几条:

一、他家庭出身不好,是资本家;

二、社会关系复杂,有海外关系;有个堂兄还在台湾;

三、反右时有右派言论;

四、群众关系不太好,说话有时很尖刻……

其中反对最力的是一个姓董的人事科长,此人爱激动,他又说不出什么理由,只是每次都是满脸通红地说:"知识分子!哼!知识分子!"翻来覆去,只是这一句话。

人事顾问听了几次会,没有表态。党委书记说:"老黄,你也说两句!"老黄慢条斯理地说:

"我讲一个故事吧——

"从前,有一个人,叫做艾子。艾子有一回坐船,船停在江边。半夜里,艾子听见江底下一片哭声。仔细一听,是一群水族在哭。艾子问:'你们哭什么?'水族们说:'龙王有令,水族中凡是有尾巴的都要杀掉,我们都是有尾巴的,所以在这里哭。'艾子听了,深表同情。艾子看看,有一只蛤蟆也在哭,艾子很奇怪,问这蛤蟆:'你哭什么呢?你又没有尾巴!'蛤蟆说:'我怕龙王要追查起我当蝌蚪时候的事儿呀!'"

讲　用

郝有才一辈子没有什么露脸的事，也没有多少现眼的事。他是个极其普通的人，没有什么特点。要说特点，那就是他过日子特别仔细，爱打个小算盘。话说回来了，一个人过日子仔细一点，爱打个小算盘，这碍着别人什么了？为什么有些人总爱拿他的一些小事当笑话说呢？

他是三分队的。三分队是舞台工作队。一分队是演员队，二分队是乐队。管箱的，——大衣箱、二衣箱、旗包箱，梳头的，检场的……这都归三分队。郝有才没有坐过科，拜过师，是个"外行"，什么都不会，他只会装车、卸车、搬布景、挂吊杆，干一点杂活。这些活，看看就会，没

---
*　初刊于《大西南文学》一九八五年第九期，题作"郝有才趣事"，初收于《汪曾祺自选集》。

有三天力巴。三分队的都是"苦哈哈",他们的工资都比较低。不像演员里的"好角",一月能拿二百多、三百。也不像乐队里的名琴师、打鼓佬,一月也能拿一百八九。他们每月都只有几十块钱。"开支"的时候,工资袋里薄薄的一叠,数起来很省事。他们的家累也都比较重,孩子多。因此,三分队的过日子都比较简省,郝有才是其尤甚者。

他们家的饭食很简单。不过能够吃饱。一年难得吃几次鱼,都是带鱼,熬一大盆,一家子吃一顿。他们家的孩子没有吃过虾。至于螃蟹,更不知道是什么滋味了。中午饭有什么吃什么,窝头、贴饼子、烙饼、馒头、米饭。有时也蒸几屉包子,菠菜馅的、韭菜馅的、茴香馅的,肉少菜多。这样可以变变花样,也省粮食。晚饭一般是吃面。炸酱面、麻酱面。茄子便宜的时候,茄子打卤。扁豆老了的时候,焖扁豆面,——扁豆焖熟了,把面往锅里一下,一翻个儿,得!吃面浇什么,不论,但是必须得有蒜。"吃面不就蒜,好比杀人不见血!"他吃的蒜也都是紫皮大瓣。"青皮萝卜紫皮蒜,抬头的老婆低头的汉,这是上讲的!"他的蒜都是很磁棒,很鼓立的,一头是一头,上得了画,能拿到展览会上去展览。每一头都是他精心挑选过,挨着个儿用手捏过的。

不但是蒜,他们家吃的菜也都是经他精心挑选的。他每天中午、晚晌下班,顺便买菜。从剧团到他们家共有七家菜摊，经过每一个菜摊，他都要下车——他骑车，问问价，看看菜的成色。七家都考察完了，然后决定买哪一家的，再骑车翻回去选购。卖菜的约完了，他都要再复一次秤，——他的自行车后架上随时带着一杆小秤。他买菜回来，邻居见了他买的菜都羡慕："你瞧有才买的这菜，又水灵，又便宜！"郝有才骗腿下车，说："货买三家不吃亏，——您得挑！"

郝有才干了一件稀罕事。他对他们家附近的烧饼、焦圈作了一次周密的调查研究。他早点爱吃个芝麻烧饼夹焦圈。他家在西河沿。他曾骑车西至牛街，东至珠市口，把这段路上每家卖烧饼焦圈的铺子都走遍，每一家买两个烧饼、两个焦圈，回家用戥子一一约过。经过细品，得出结论：以陕西巷口大庆和的质量最高。烧饼分量足，焦圈炸得透。他把这结论公诸于众，并买了几套大庆和的烧饼焦圈，请大家品尝。大家嚼食之后，一致同意他的结论。于是纷纷托他代买。他也乐于跑这个小腿。好在西河沿离陕西巷不远，骑车十分钟就到了。他的这一番调查给大家留下深刻印象，因为别人都没有想到。

剧团外出，他不吃团里的食堂。每次都是烙了几十张烙饼，用包袱皮一包，带着。另外带了好些卤虾酱、韭菜花、臭豆腐、秦椒糊、豆儿酱、芥菜疙瘩、小酱萝卜，瓶瓶罐罐，丁令当琅。他就用这些小菜就干烙饼。一到烙饼吃完,他就想家了,想北京,想北京的"吃儿"。他说,在北京,哪怕就是虾米皮熬白菜,也比外地的香。"为什么呢?因为,——五味神在北京!""五味神"是什么神?至今尚未有人考证过,不见于载籍。

他抽烟,抽烟袋,关东。他对于烟叶,要算个行家。什么黑龙江的亚布利、吉林的交河烟、易县小叶,乃至云南烤烟,他只要看看,捏一撮闻闻,准能说出个子午卯酉。不过他一般不上烟铺买烟,他遛烟摊。这摊上的烟叶子厚不厚,口劲强不强,是不是"灰白火亮",他老远地一眼就能瞧出来。卖烟的耍的"手彩"别想瞒过他。什么"插翎儿"、"洒药",全都逃不过他的眼睛。"几捆烟摆在地下,你一瞧,色气好,叶儿挺厚实,拐子不多,不赖!卖烟的打一捆里,噌——抽出了一根:'尝尝!尝尝!'你揉一揉往烟袋里一撮,点火,抽!真不赖,'满口烟',喷香!其实他这几捆里就这一根是好的,是插进去的,——卖烟的知道。你再抽抽别的叶子,不是这个味儿了!——这为'插翎'。要说,这个'侃儿'[1]起得挺有个意思,烟叶可不有点像鸟的翎毛么?还有一种,归'洒药'。地下一堆碎烟叶。你来了,卖烟的抢过你的烟袋:'来一袋,尝尝!试试!'给你装了一袋,一抽:真好!其实这一袋,是他一转身的那工夫,从怀里掏出来给你

---

[1] 侃儿即行话,甚至可说是"黑话"。

装上的，——这是好烟。你就买吧！买了一包，地下的，一抽，咳！——屁烟！——'洒药'！"

他爱喝一口酒。不多，最多二两。他在家不喝。家里不预备酒，免得老想喝。在小铺里喝。不就菜，抽关东烟就酒。这有个名目，叫做"云彩酒"。

他爱逛寄卖行。他家大人孩子们的鞋、袜、手套、帽子，都是处理品。剧团外出，他爱逛商店，遛地摊，买"俏货"。他买的俏货都不是什么贵重东西。凉席、雨伞、马莲根的炊帚、铁丝罩篱……他买俏货，也有吃亏上当的时候。有一次，他从汉口买了一套套盆，——绿釉的陶盆，一个套着一个，一套五个，外面最大的可以洗被窝，里面最小的可以和面。他就像收藏家买了一张唐伯虎的画似的，高兴得不得了。费了半天劲，才把这套宝贝弄上车。不想到了北京，出了前门火车站，对面一家山货店里就有，东西和他买的一样，价钱比汉口便宜。他一气之下，恨不能把这套套盆摔碎了。——当然没有，他还是咬着嘴唇把这几十斤重的东西背回去了。"郝有才千里买套盆"落下一个"哏"，供剧团的很多人说笑了个把月。

说话，到了"文化大革命"。"文化大革命"乍一起来的时候，郝有才也蒙了。这是怎么回事呢？昨天还是书记、团长、三叔、二大爷，一宵的工夫，都成了走资派、"三名三高"。大字报铺天盖地。小伙子们都像"上了法",一个个杀气腾腾,瞧着都瘆得慌。大家都学会了嚷嚷。平日言迟语拙的人忽然都长了口才,说起话一套一套的。郝有才心想:这算哪一出呢?渐渐地他心里踏实了。他知道"革命"革不到他头上。他头一回知道:三分队的都是红五类——工人阶级。各战斗组都拉他们。三分队的队员顿时身价十倍。有的人趾高气扬,走进走出都把头抬得很高。他们原来是人下人,现在翻身了!也有老实巴交的,还跟原来一样,每天上班,抽烟喝水,低头听会。郝有才基本上属于后一类。他也参加大批判,大辩论,跟着喊口号,叫"打倒",但是他没有动手打过人,往谁脸上啐过唾沫,给谁嘴里抹过浆糊。他心里想:干嘛呀,有朝一日,还要见面。只有一件事少不了他。造反派上谁家抄家时总得叫上他,让他蹬平板三轮,去拉抄出来的"四旧"。他翻翻抄出来的东西,不免生一点感慨:真有好东西呀!

没多久,派来了军、工宣队,搞大联合,成立了革命委员会。

又没多久,这个团被指定为样板团。

样板团有什么好处?——好处多了!

样板团吃样板饭。炊事班每天变着样给大伙做好吃的。番茄闷牛肉、香酥鸡、糖醋鱼、包饺子、炸油饼……郝有才觉得天天过年。肚子里油水足，他胖了。

样板团发样板服。每年两套的确凉制服，一套深灰，一套浅灰。穿得仔细一点，一年可以不用添置衣裳。——三分队还有工作服。到了冬天，还发一件棉军大衣。领大衣时，郝有才闹了一点小笑话。

棉大衣共有三个号：一号、二号、三号——大、中、小。一般身材，穿二号。矮小一点的，三号就行了。能穿一号的，全团没有几个。三分队的队长拿了一张表格，叫大家报自己的大衣号，好汇总了报上去。到了郝有才，他要求登记一件一号的。队长愣了："你多高？"——"一米六二。"——"那你要一号的？你穿三号的！——你穿上一号的像什么样子，那不成了道袍啦？"——"一号的，一号的！您给我登一件一号的！劳您驾！劳您驾！"队长纳了闷了，问他："你这是什么意思？"他说了实话："我拿回去，改改。下摆铰下来，能缝一副手套。"——"咕！什么人呐！全团有你这样的吗？领一件大衣，还饶一副手套！亏你想得出来！"队长把这事汇报了上去，军代表把他叫去训了一通。到底还是给他登记了一件三号的。

郝有才干了一件不大露脸的事，拿了人家五个羊蹄。他到一家回民食堂挑了五个羊蹄，趁着人多，售货员没注意，拿了就走，——没给钱。不想售货员早注意上他了，一把拽住:"你给钱了吗?"——"给啦!"——"给了多少?我还没约呐,你就给了钱啦?"——"我现在给!"——"现在给?——晚啦!"旁边围了一圈人,都说:"真不像话!""还是样板团的哪!"(他穿着样板服哪。)售货员非把他拉到公安局去不可。公安局的人一看,就五个羊蹄,事不大,就说:"你写个检查吧!"——"写不了!我不认字。"公安局给剧团打了个电话,让剧团把他领回去。

军、工宣队研究了一下,觉得问题不大,影响不好,决定开一个小会,在队里批评批评他。

会上发言很热烈,每个人都说了。有人念了好几段毛主席语录。有一位能看"三列国"[1]的管箱的师傅掏出一本《雷锋日记》,念了好几篇,说:"你瞧人家雷锋,风格多高。你瞧你,什么风格!——你简直的没有格!你好好找找差距吧!拿人家五个羊蹄。五个羊蹄,能值多少钱!你这么大的人了!小孩子也干不出这种事来!哎哟哎哟,你叫我说你什么好噢!我都替你寒碜。"军代表参加了这次会,看大家发言差不多了,就说:"郝有才,你也说说。"

"说说。我这叫'爱小',贪小便宜。贪小便宜吃大亏呀!我怎么会贪小便宜?我打小就穷。我爸死得早,我妈是

---

[1] 《三国演义》及《东周列国志》,合称"三列国"。凡能读"三列国"的,在戏班里即为有学问的圣人。

换取灯的[1]……"

军代表不知道什么是"换取灯的",旁边有人给他解释半天,军代表明白了,"哦。"

"我打小什么都干过。拣煤核,打执事[2]……"

什么是打执事,军代表也不懂,又得给他解释半天。

"哦。"

"后来,我拉排子车,——拉小绊,我力气小,驾不了辕,只能拉小绊。

"有一回,大夏天,我发了痧,死过去了。也不知是哪位好心的,把我搭在前门门洞里。我醒过来了,瞅着甕券上的城砖:'我这是在哪儿呐?'……"

三分队的出身都比较苦,类似的经历,他们也都有过,听了心里都有点难受,有人眼圈都红了。

"后来,我拉了两年洋车。

"后来,给陈××拉包月。"陈××是个名演员,唱老生的。

"拉包月,倒不累。除了拉大爷上馆子——"

"上馆子?陈××爱吃馆子?"军代表不明白。

---

1 取灯即早先的火柴。换取灯的即收破烂的。收得破烂,或以取灯偿值,也有给钱的。
2 执事是出殡和迎亲的仪仗,金瓜钺斧朝天凳,旗锣伞扇……出殡则有幡、雪柳。打执事的都是穷人家的孩子。打一回执事,所得够一顿饭钱。

又得给他解释:"上馆子就是上剧场。"

"除了拉大爷上馆子,就是拉大奶奶上东安市场买买东西。"

军代表听到"大爷、大奶奶",觉得很不舒服,就打断了他:"不要说'大爷'、'大奶奶'。"

"对!他是老板,我是拉车的。我跟他是两路人。除了,……咳,陈××爱吃红菜汤,他老让我到大地餐厅去给他端红菜汤。放在车上给他拉回来。我拉车、拉人,还拉红菜汤,你说这叫什么事!"

军代表听着,不知道他要说到哪里去,就又打断了他:"不要扯得太远,不要离题,说说你对自己的错误的认识。"

"对,说认识。我这就要回到本题上来了。好容易,解放了,我参加了剧团。剧团改国营,我每月有了准收入,冻不着,饿不死了。这都亏了共产党呀!——中国共产党万岁!"

他抽不冷子来了这么一句,大伙不能不举起手来跟着他喊:

"中国共产党万岁!"

"这以后,剧团归为样板团,咱们是一步登天哪!'板儿饭','板儿服',真是没的说!可我居然干出这种丢人现眼的事,我给样板团抹了黑。我对得起谁?你们说:我对得起谁？嗯？……"

他问得理直气壮，简直有点咄咄逼人。

军代表觉得他再也说不出什么了，就做了简短的结论：

"郝有才同志的检查不够深刻。不过态度还是好的，也有沉痛感，一个人犯了错误，不要紧，只要改正了就好。对于犯错误的同志，我们不应该歧视他，轻视他，而是要热情地帮助他。"接着又说："对于任何人，都要一分为二。比如郝有才同志，他有缺点，爱打个小算盘。他也有优点嘛！比如，他每天给大家打开水，这就是优点。这也是为人民服务嘛！希望他今后能发扬优点，克服缺点，做一名无愧于样板团称号的文艺战士！"

会就开到了这里。

过了没多久，郝有才可干了一件十分露脸的事。他早起上班打开水，上楼梯的时候绊了一下，暖壶碰在栏干上，"砰！"把一个暖壶胆甏了[1]。暖壶胆甏了，照例是可以拿到总务科去领一个的。郝有才不知怎么一想，他没去总务科去领，自己掏钱，到菜市口配了一个。——而且没有告诉任何人。不过人们还是知道了，大家传开了："有才这回干了一件漂亮事！"——"他这样的人，干出这样的事，尤其难得！"见了他，都说："有才！好样儿的！"——"有才！你这

---

[1] 甏，北京土话，打碎了的意思。

进步可是不小哇!——我简直都不敢相信。"郝有才觉得美不滋儿的。

军、工宣队知道了,也都认为这是他们的思想工作的成果。事情不大,意义不小,于是决定让他在全团大会上作一次讲用。

要他讲用,可是有点困难。他不认字,不能写讲稿。让别人替他写讲稿也不成,他念不下来。只好凭他用口讲。军代表把他叫去,启发了半天,让他讲讲自己的活思想,——当时是怎么想的,怎样让公字占领了自己的思想,克服了私心,最好能引用两段毛主席语录。军代表心想,他虽不识字,可是大家整天念语录,他听也应该听会几段了。

那天讲用一共三个人。前面两个,都讲得不错,博得全场掌声。第三个是郝有才。郝有才上了台,向毛主席像行了一个礼,然后转过身来,大声地说:

"毛主席教导我们说:甄了就甄了!"

大家先是一愣,接着都忍不住哈哈大笑起来。主持会议的军代表原来还绷着,终于憋不住,随着大家一同哈哈大笑。他一边大笑,一边挥手:"散会!"

虐　猫

　　李小斌、顾小勤、张小涌、徐小进都住在九号楼七门。他们从小一块长大，在一个幼儿园，又读一个小学，都是三年级。李小斌的爸爸是走资派。顾小勤、张小涌、徐小进家里大人都是造反派。顾小勤、张小涌、徐小进不管这些，还是跟李小斌一块玩。

　　没有人管他们了，他们就瞎玩。捞蛤蟆骨朵，粘知了。砸学校的窗户玻璃，用弹弓打老师的后脑勺。看大辩论，看武斗，看斗走资派，看走资派戴高帽子游街。李小斌的爸爸游街，他们也跟着看了好长一段路。

　　后来，他们玩猫。他们玩过很多猫：黑猫、白猫、狸猫、狮子玳瑁猫（身上有黄白黑三种颜色）、乌云盖雪（黑背

　　＊初刊于一九八六年六月十日《北京晚报》，初收于《汪曾祺自选集》。

白肚)、铁棒打三桃(白身子,黑尾巴,脑袋顶上有三块黑)……李小斌的姥姥从前爱养猫。这些猫的名堂是姥姥告诉他的。

他们捉住一只猫,玩死了拉倒。

李小斌起初不同意他们把猫弄死。他说:一只猫,七条命,姥姥告诉他的。

"去你一边去!什么'一只猫七条命'!一个人才一条命!"

后来李小斌也不反对了,跟他们一块到处逮猫,一块玩。

他们把猫的胡子剪了。猫就不停地打喷嚏。

他们给猫尾巴上拴一挂鞭炮,点着了。猫就没命地乱跑。

他们想出了一种很新鲜的玩法:找了四个药瓶子的盖,用乳胶把猫爪子粘在瓶盖子里。猫一走,一滑;一走,一滑。猫难受,他们高兴极了。

后来,他们想出了一种很简单的玩法:把猫从六楼的阳台上扔下来。猫在空中惨叫。他们拍手,大笑。猫摔到地下,死了。

他们又抓住一只大花猫,用绳子拴着往家里拖。他们又要从六楼扔猫了。

出了什么事？九楼七门前面围了一圈人：李小斌的爸爸从六楼上跳下来了。

来了一辆救护车，把李小斌的爸爸拉走了。

李小斌、顾小勤、张小涌、徐小进没有把大花猫从六楼上往下扔，他们把猫放了。

八月骄阳

张百顺年轻时拉过洋车,后来卖了多年烤白薯。德胜门豁口内外没有吃过张百顺的烤白薯的人不多。后来取缔了小商小贩,许多做小买卖的都改了行,张百顺托人谋了个事由儿,到太平湖公园来看门。一晃,十来年了。

太平湖公园应名儿也叫做公园,实在什么都没有。既没有亭台楼阁,也没有游船茶座,就是一片野水,好些大柳树。前湖有几张长椅子,后湖都是荒草。灰菜、马苋菜都长得很肥。牵牛花,野茉莉。飞着好些粉蝶儿,还有北京人叫做"老道"的黄蝴蝶。一到晚不晌,往后湖一走,都瘆得慌。平常是不大有人去的。孩子们来掏蛐蛐。遛鸟的爱来,给画眉抓点活食:油葫芦、蚂蚱,还有一种叫做"马蜥儿"的小

---

* 初刊于《人民文学》一九八六年第八期,初收于《汪曾祺自选集》。

四脚蛇。看门,看什么呢?这个公园不卖门票。谁来,啥时候来,都行。除非怕有人把柳树锯倒了扛回去。不过这种事还从来没有发生过。因此张百顺非常闲在。他没事时就到湖里捞点鱼虫、苲草,卖给养鱼的主。进项不大。但是够他抽关东烟的。"文化大革命"一起来,很多养鱼的都把鱼"处理"了,鱼虫、苲草没人买,他就到湖边摸点螺蛳,淘洗干净了,加点盐,搁两个大料瓣,煮咸螺蛳卖。

后湖边上住着两户打鱼的。他们这打鱼,真是三天打鱼,两天晒网,有一搭无一搭。打得的鱼随时就在湖边卖了。

每天到园子里来遛早的,都是熟人。他们进园子,都有准钟点。

来得最早的是刘宝利。他是个唱戏的。坐科学的是武生。因为个头矬点,扮相也欠英俊,缺少大将风度,来不了"当间儿的"。不过他会的多,给好几位名角打过"下串","傍"得挺严实。他粗通文字,爱抄本儿。他家里有两箱子本子,其中不少是已经失传了的。他还爱收藏剧照,有的很名贵。杨老板《青石山》的关平、尚和玉的《四平山》、路玉珊的《醉酒》、梅兰芳的《红线盗盒》、金少山的《李七长亭》、余叔岩的《盗宗卷》……有人出过高价,想买他的本子和剧照,他回绝了:"对不起,我留着殉葬。"剧团演开了革命现代戏,台上没有他的活儿,领导上动员他提前退休,——他还不到退休年龄。他一想:早退,晚退,早晚得退,退!退了休,他买了两只画眉,每天天一亮就到太平湖遛鸟。他戏瘾还挺大。把鸟笼子挂了,还拉拉山膀,起两个云手,踢踢腿,耗耗腿。有时还念念戏词。他老念的是《挑滑车》的《闹帐》:

"且慢!"

"高王爷为何阻令?"

"末将有一事不明,愿在元帅台前领教。"

"高王爷有话请讲,何言领教二字。"

"岳元帅!想俺高宠,既已将身许国,理当报效皇家。今逢大敌,满营将官,俱有差遣,单单把俺高宠,一字不提,是何理也?"

…………

"吓、吓、吓吓吓吓……岳元帅!大丈夫临阵交锋,不死而带伤,生而何欢,死而何惧!"

跟他差不多时候进园子遛弯的顾止庵曾经劝过他:

"爷们!您这戏词,可不要再念了哇!"

"怎么啦?"

"如今晚儿演了革命现代戏,您念老戏词——韵白!再说,您这不是借题发挥吗?'满营将官,俱有差遣,单单把俺高宠,一字不提,是何理也?'这是什么意思?这不是说台上不用您,把您刷了吗?这要有人听出来,您这是'对党不满'呀!这是什么时候啊,爷们!"

"这么一大早,不是没人听见吗!"

"隔墙有耳!——小心无大错。"

顾止庵,八十岁了。花白胡须,精神很好。他早年在豁口外设帐授徒,——教私塾。后来学生都改了上学堂了,他的私塾停了,他就给人抄书,抄稿子。他的字写得不错,欧底赵面。抄书、抄稿子有点委屈了这笔字。后来找他抄书、抄稿子的也少了,他就在邮局门外树荫底下摆一张小桌子,代写家信。解放后,又添了一项业务:代写检讨。"老爷子,求您代写一份检讨。"——"写检讨?这检讨还能由别人代写呀?"——"劳您驾!我写不了。您写完了,我摁个手印,一样!"——"什么事儿?"因为他的检讨写得清楚,也深刻,比较容易通过,来求的越来越多,业务挺兴旺。后来他的孩子都成家立业,混得不错,就跟老爷子说:"我们几个养活得起您。您一枝笔挣了不少杂和面儿,该清闲几年了。"顾止庵于是搁了笔。每天就是遛遛弯儿,找几个年岁跟他相仿佛的老友一块堆儿坐坐、聊聊、下下棋。他爱瞧报,——站在阅报栏前一句一句地瞧。早晚听"匣子"。因此他知道的事多，成了豁口内外的"伏地圣人"[1]。

这天他进了太平湖，刘宝利已经练了一遍功，正把一条腿压在树上耗着。

"老爷子今儿早！"

"宝利！今儿好像没听您念《闹帐》？"

"不能再念啦！"

"怎么啦？"

"呆会儿跟您说。"

顾止庵向四边的树上看看：

"您的鸟呢？"

"放啦！"

"放啦？"

"您先慢慢往外溜达着。今儿我带着一包高末。百顺大哥那儿有开水，叶子已经闷上了。我耗耗腿。一会儿就来。咱们爷儿仨喝一壶，聊聊。"

顾止庵遛到门口，张百顺正在湖边淘洗螺蛳。

"顾先生！椅子上坐。茶正好出味儿了，来一碗。"

"来一碗！"

"顾先生！您说这'文化大革命'，它是怎么回子事？"

---

[1] 伏地，北京土话。本地生产的叫"伏地"，如"伏地小米"、"伏地蒜苗"。

"您问我？——有人知道。"

"这红卫兵，又是怎么回子事。呼啦——全起来了。它也不用登记，不用批准，也没有个手续，自己个儿就拉起来了。我真没见过。一戴上红袖箍，就变人性。想怎么着就怎么着，想揪谁就揪谁。他们怎么有这么大的权？谁给他们的权？"

"头几天，八·一八，不是刚刚接见了吗？"

"当大官的，原来都是坐小汽车的主，都挺威风，一个一个全都头朝了下了。您说，他们心里是怎么想的？"

"他们怎么想，我哪儿知道。反正这心里不大那么好受。"

"还有个章程没有？我可是当了一辈子安善良民，从来奉公守法。这会儿，全乱了。我这眼面前就跟'下黄土'似的，简直的，分不清东西南北了。"

"您多余操这份儿心。粮店还卖不卖棒子面？"

"卖！"

"还是的。有棒子面就行。咱们都不在单位，都这岁数了。咱们不会去揪谁，斗谁，红卫兵大概也斗不到咱们头上。过一天，算一日。这太平湖眼下不还挺太平不是？"

"那是！那是！"

刘宝利来了。

"宝利,您说要告诉我什么事?"

"昨儿,我可瞧了一场热闹!"

"什么热闹?"

"烧行头。我到交道口一个师哥家串门子,听说成贤街孔庙要烧行头——烧戏装。我跟师哥说:咱们瞜瞜去!嚄!堆成一座小山哪!大红官衣、青褶子,这没什么!'帅盔'、'八面威'、'相貂'、'驸马套'……这也没有什么!大蟒大靠,苏绣平金,都是新的,太可惜了!点翠'头面',水钻'头面',这值多少钱哪!一把火,全烧啦!火苗儿蹿起老高。烧糊了的碎绸子片飞得哪儿哪儿都是。"

"唉!"

"火边上还围了一圈人,都是文艺界的头头脑脑。有跪着的,有撅着的。有的挂着牌子,有的脊背贴了一张大纸,写着字。都是满头大汗。您想想:这么热的天,又烤着大火,能不出汗吗?一群红卫兵,攥着宽皮带,挨着个抽他们。披头盖脸!有的,一皮带下去,登时,脑袋就开了,血就下来了。——皮带上带着大铜头子哪!哎呀,我长这么大,没见过这么打人的。哪能这么打呢?您要我这么打,我还真不会!这帮孩子,从哪儿学来的呢?有的还是小妞儿。他们怎么能下得去这么狠的手呢?"

"唉!"

"回来，我一捉摸，把两箱子剧本、剧照，捆巴捆巴，借了一辆平板三轮，我就都送到街道办事处去了。他们爱怎么处理怎么处理，我不能自己烧。留着，招事！"

"唉！"

"那两只画眉，'口'多全！今儿一早起来，我也放了。——开笼放鸟！'提笼架鸟'，这也是个事儿！"

"唉！"

这功夫，园门口进来一个人。六十七八岁，戴着眼镜，一身干干净净的藏青制服，礼服呢千层底布鞋，拄着一根角把棕竹手杖，一看是个有身份的人。这人见了顾止庵，略略点了点头，往后面走去了。这人眼神有点直勾勾的，脸上气色也不大好。不过这年头，两眼发直的人多的是。这人走到靠近后湖的一张长椅旁边，坐下来，望着湖水。

顾止庵说："茶也喝透了，咱们也该散了。"

张百顺说："我把这点螺蛳送回去，叫他们煮煮。回见！"

"回见！"

"回见！"

张百顺把螺蛳送回家。回来，那个人还在长椅上坐着，望着湖水。

柳树上知了叫得非常欢势。天越热,它们叫得越欢。赛着叫。整个太平湖全归了它们了。

张百顺回家吃了中午饭。回来,那个人还在椅子上坐着,望着湖水。

粉蝶儿、黄蝴蝶乱飞。忽上,忽下。忽起,忽落。黄蝴蝶,白蝴蝶。白蝴蝶,黄蝴蝶……

天黑了。张百顺要回家了。那人还在椅子上坐着,望着湖水。

蛐蛐、油葫芦叫成一片。还有金铃子。野茉莉散发着一阵一阵的清香。一条大鱼跃出了水面,欻的一声,又没到水里。星星出来了。

第二天天一亮,刘宝利到太平湖练功。走到后湖:湖里一团黑乎乎的,什么?哟,是个人!这是他的后脑勺!有人投湖啦!

刘宝利叫了两个打鱼的人,把尸首捞了上来,放在湖边草地上。这功夫,顾止庵也来了。张百顺也赶了过来。

顾止庵对打鱼的说:"您二位到派出所报案。我们仨在这儿看着。"

"您受累!"

顾止庵四下里看看,说:

"这人想死的心是下铁了的。要不,怎么会找到这么个荒凉偏僻的地方来呢?他投湖的时候,神智很清醒,不是迷迷糊糊一头扎下去的。你们看,他的上衣还整整齐齐地搭在椅背上,手杖也好好地靠在一边。咱们掏掏他的兜儿,看看有什么,好知道死者是谁呀。"

顾止庵从死者的上衣兜里掏出一个工作证,是北京市文联发的:

　　姓名:舒舍予

　　职务:主席

顾止庵看看工作证上的相片,又看看死者的脸,拍了拍工作证:

"这人,我认得!"

"您认得?"

"怪不得昨儿他进园子的时候,好像跟我招呼了一下。他原先叫舒庆春。这话有小五十年了!那会儿我教私塾,他是劝学员,正管着德胜门这一片的私塾。他住在华严寺。我还上他那儿聊过几次。人挺好,有学问!他对德胜门这一带挺熟,知道太平湖这么个地方!您怎么走南闯北,又转回来啦?这可真是:树高千丈,叶落归根哪!"

"您等等!他到底是谁呀?"

"他后来出了大名,是个作家,他,就是老舍呀!"

张百顺问:"老舍是谁?"

刘宝利:"老舍您都不知道?瞧过《骆驼祥子》没有?"

"匣子里听过。好!是写拉洋车的。祥子,我认识。——'骆驼祥子'嘛!"

"您认识?不能吧!这是把好些拉洋车的搁一块堆儿,抟巴抟巴,捏出来的。"

"唔!不对!祥子,拉车的谁不知道!他和虎妞结婚,我还随了份子。"

"您八成是做梦了吧?"

"做梦?——许是。岁数大了,真事、梦景,常往一块掺和。——他还写过什么?"

"《龙须沟》哇!"

"《龙须沟》,瞧过,瞧过!电影!程疯子、娘子、二妞……这不是金鱼池,这就是咱这德胜门豁口!太真了!太真了,就叫人掉泪。"

"您还没瞧过《茶馆》哪!太棒了!王利发!'硬硬朗朗的,我硬硬朗朗地干什么?'我心里这酸呀!"

"合着这位老舍他净写卖力气的、耍手艺的、做小买卖的。苦哈哈、命穷人?"

"那没错!"

"那他是个好人!"

"没错!"

刘宝利说:"这么个人,我看他本心是想说共产党好啊!"

"没错!"

刘宝利看着死者:

"我认出来啦!在孔庙挨打的,就有他!您瞧,脑袋上还有伤,身上净是血嘎巴!——我真不明白。这么个人,旧社会能容得他,怎么咱这新社会倒容不得他呢?"

顾止庵说:"'我本将心托明月,谁知明月照沟渠',这大概就是他想不通的地方。"

张百顺撅了两根柳条,在老舍的脸上摇晃着,怕有苍蝇。

"他从昨儿早起就坐在这张椅子上,心里来回来去,不知道想了多少事哪!"

"'千古艰难唯一死'呀!"

张百顺问:"这市文联主席够个什么爵位?"

"要在前清,这相当个翰林院大学士。"

"那干吗要走了这条路呢?忍过一阵肚子疼!这秋老虎虽毒,它不也有凉快的时候不?"

顾止庵环顾左右,沉沉地叹了一口气:"'士可杀,而不可辱'啊!"

刘宝利说:"我去找张席,给您¹盖上点儿!"

一九八六年六月二十二日　二稿

1　初刊本、初版本均为"他"。据作者手校本改为"您"。——编者注

生前友好

他是剧院的电工。剧院现在不演现代戏,传统戏只要打个大平光,把台上照亮了就行了,有演出,他上剧场去,没有多少事。白天,到院部上班,很准时。院部也没有多少事,有时电线短路,保险丝烧断了,灯泡蹩了,需要修理一下,也都是举手之劳。但是他整天在院部各处走来走去,屁股后面佩了一个插了全部电工工具的皮套。他人很瘦小,这个全部武装的皮套对他说起来显得有点过于沉重。但是他愿意整天佩带着,这样才显出他是电工,是技术人员,和管衣箱的箱倌,刮片子的梳头桌师傅不一样。

他有两个特点,一个是爱吃辣,一个是爱参加追悼会。

---

* 初刊于一九九四年一月十二日《大公报》,初收于北师大版《汪曾祺全集》第二卷。

前门饭店餐厅有一个时候对外营业，菜品不多，但是是正宗川味，而且价钱不贵。有些菜是别的川菜馆里不易吃得着的，比如白萝卜炖牛肉。麻婆豆腐做得很地道，豆腐很嫩，泛着一层红油。这位电工师傅几乎每天中午都到前门饭店吃饭，要一个麻婆豆腐，四两米饭。有剧院的熟人来，——多半是二路演员、打鼓佬，他必要点头招呼，并说：

"就爱吃个辣！"

好像这是值得骄傲的事。他有理由骄傲，剧院的三路角以下的"苦哈哈"能每天上前门饭店吃饭的，不多。他对只吃窝头炸酱面的主儿，看不起。

剧院有六七百号人，死人的事是经常发生的。人死了，要开追悼会。电工师傅早打听好了，追悼会哪天开。头一天就作好了心理准备。不管是谁的追悼会他都参加，从不缺席，特别是名角的追悼会，尽管这些名角没跟他说过话。开往八宝山的大轿车停在院子里，车门一开，他头一个上去。他总是坐在最后一排。

奏哀乐，向遗像三鞠躬，剧院的负责人致悼词，在礼堂里走一圈，向遗体告别，一切如仪。电工师傅脸上很严肃，但是不掉眼泪。

大轿车从八宝山开回来，电工师傅到前门饭店吃麻婆豆腐。

他觉得这一天过得很有意思。

一九九三年八月二十一日

红旗牌轿车

袁大夫是剧团的正骨推拿大夫。京剧团总要有一个正骨大夫。演员,特别是武戏演员,在台上,在练功棚里,常常会扭了腰,闪了腿,甚至折了大筋。正骨大夫是必不可少的。袁大夫推拿正骨是家传,没有上过学。但是手艺(一个演员说过,他那不能算是医术,只能叫做"手艺")是挺不错的。有一次一个演员演《金钱豹》,从三张桌上一个"台漫"翻下来,桌子有点晃,演员"恍了范",落地时右脚五个脚趾头全窝了。当时搭到后台,"快请袁大夫!"袁大夫赶到(他是每有演出都在后台呆着的)叫别人把演员的袜子脱了,说了声:"爷们,忍着点!"咯吧咯吧咯吧咯吧咯吧,登时就

---

* 初刊于《北京文学》一九九八年第一期,初收于北师大版《汪曾祺全集》第二卷。

把演员的五个脚趾捋直了。演员当时就能下地行走。一般的小伤，对袁大夫说起来，不在话下。当然，像折了大筋，他也没有办法，只有送医院。

演员身上一般都有旧伤，即使没有闪失，腰腿也常酸疼。这就得求袁大夫拿拿，捏捏，搓搓，揉揉。因此医务所有袁大夫一间单独的诊室，诊室内外等候的人很多。谁都知道，袁大夫有个毛病：看人下菜碟。"角儿"来了，他用心按摩，精神内敛，掌下有力，有时触到要害，又酸又麻，觉得血脉畅通，舒服无比。给的膏药是加了麝香特制的止痛膏。"底帏子"、"打下串"的来了："躺下！"三下五除二，就完事了。给的膏药是一般的伤湿止痛膏。因此一般演员都跟他"套磁"，开口"哥们"，常给他送一条"外烟"，两瓶西凤。

袁大夫名气大了，时常出诊。他时常骑一辆三枪牌自行车走遍全城。

一次，他骑车过六部口，闯了红灯，交通警大喝一声："站住！"跳下岗亭，一把攥住他的自行车后座。

"你没长眼睛吗？红灯，你还闯！"

"我有急事！"

"急事？谁没急事！"

"我去给人看病，病人等着我。"

"你是哪个单位的？"

"剧团的。"

"剧团的?"

交通警抄了他的车号,说:

"把工作证、车留下,明天叫你们单位来取。"

"病人等着我哪!——我认罚。"

"认罚?十块!"

袁大夫掏出一张大团结,交通警划拉了一张收据,交给了他。

"走吧!"

袁大夫看了看交通警,交通警右眉下有一颗很大的痦子。

"我记住你!"

袁大夫心里这窝火!

袁大夫名气越来越大,常有高级干部派车来接他去按摩。

这天他坐了一辆红旗牌轿车到一个部长家去按摩。

车到六部口,他在车里一看,交通岗岗亭上正是那个右眉下有一颗大黑痦子的交通警。这时正是红灯。袁大夫叫司机:"停!"他开了车门下车,问交通警:

"认得我吗?"

"——你呀!"

"混蛋!"

"你怎么骂人!"

"我操你妈!"

他跳上车,叫司机:"开!"

红灯不能拦红旗车,红旗牌轿车吱的一声,风驰电掣而去。

报了一箭之仇,袁大夫靠在后座上,心里这舒坦就甭提了!

一九九三年八月二十二日

狗 八 蛋

他的一个显著的特点是背头梳得倍儿光。长脸,高鼻梁,高脑门,一丝不乱的大背头。六十岁的人梳这样的背头的,很少见。

他在剧院练功厅大门看传达室。

原来是打小锣的。他没有坐过科,打小锣是在票房里学的。他本是一个银行的小职员,爱听戏,玩票。票友一般是唱,拉,也有打鼓的,像他这样专打小锣的,少。后来就干脆拜师搭班下海了。打了三十多年的小锣。后来,上了岁数,反应迟钝,"小锣水底鱼"、"小锣凤点头",打得拖泥带水,不能再在台上做活了。人事处找他谈了话,让他来看传

＊初刊于一九九四年三月二十三日《大公报》,初收于人民文学版《汪曾祺全集》第三卷。

达室,他同意,说:"行!我不用再伺候孙子们了!"戏班里有个规矩:打小锣的要负责摆乐器,要把单皮鼓、大锣、小锣、铙钹堂鼓按规定位置摆好,并要把鼓师的椅垫盖在单皮鼓上,琴师的椅垫盖在堂鼓上。他觉得低人一等,凭什么这种事要打小锣的干?这是戏班的规矩,既然搭班下海了,就得依这个规矩。但是他摆乐器的时候心里总挺别扭。别扭了三十多年。离开舞台,也好,不用伺候孙子们了。工资照旧,钱不少拿。看传达室,轻省。

一天没有什么事。

喝茶,看报。

掸衣裳。他爱干净。屋里挂着一个布掸子,没事就摘下来,浑身上下,劈劈啪啪抽打一气。一天要抽两三回。

一天的大事是吃中午饭。他的中午饭吃得很有谱。传达室有一张炕桌,他到十二点,就搬到屋外树荫里,后面放一张小板凳,铺好一块雪白的桌布,打开一个大号铝饭盒。饭盒里装的是烤馒头片,或两个芝麻烧饼,煎带鱼或卤煮花干,咸鸭蛋。一定得有凉拌菜,拍黄瓜或拍小萝卜。他特爱吃拍小萝卜。什么作料也不放,他说放了作料就吃不出本味,吃不出清香。另外,他每天必要用一个小塑料袋带半袋白糖来:"我每顿饭要吃二两白糖。"说时微晃着脑袋,好像这是什么高人一等,值得骄傲的事。

看传达室的职责是:一、有人来找人,到练功厅叫一叫;二、有电话找人,去喊一喊。他把两项职责都简化了,只有找院领导、导演、名演员的,他才慢条斯理的走到后面,嚷一嗓子:"×××,有人找!"他对谁都是直呼其名,不带称谓。有找一般演员、乐队的,他坐着不动:"自己找去!"电话,照例不传。电话铃响了,他拿起听筒:"喂!"——"劳您驾,叫一叫×××。"他照例说:"不在。"随即把电话挂了。有一天有人打电话来,他拿起听筒:"喂!"——"劳驾叫一叫×××。"——"不在。"——"他在,在,在。他刚跟我打的电话,叫我五分钟以后给他打电话。他就在西练功厅,劳驾,叫叫他。劳驾劳驾!"——"不信,你来看看!"

他接这个电话时有一个武戏演员杨铁麐在旁边,气得他恨不能给他一个嘴巴。

杨铁麐觉得他比王八蛋还要可恨,给他起了个外号:狗八蛋。

一九九三年八月二十四日

子孙万代

傅玉涛是"写字"的。"写字"就是给剧场写海报,给戏班抄本子。抄"总讲"(全剧),抄"单提"(分发给演员的,只有该演员所演角色的单独的唱词)。他的字写得不错,"欧底赵面"。时不常的,有人求他写一个单条,写一个扇面。后来,海报改成了彩印的,剧本大都油印了或打字了,他就到剧场卖票。日子还算混得过去。

他有个癖好,爱收藏小文物。他有一面葡萄海马镜,一个"长乐未央"瓦当,一块藕粉地鸡血石章,一块"都陵坑"田黄,一对赵子玉的蛐蛐罐,十几把扇子。齐白石、陈衡恪、姚茫父、王梦白、金北楼、王雪涛。最名贵的是一把吴

---

* 初刊于一九九三年十二月一日《大公报》,初收于北师大版《汪曾祺全集》第二卷。

昌硕画的，画的是枇杷，题句是"鸟疑金弹不敢啄"。他不养花，不养鸟，没事就是反反复复地欣赏他的藏品。这些小文物大都是花不多的钱从打小鼓的小赵手里买的。小赵和他是街坊，收到什么东西愿意让傅玉涛过过眼，小赵佩服傅玉涛，认为他懂行。傅玉涛也确实帮小赵鉴定过一些字画瓷器，使小赵卖了一个好价钱。

一天，小赵拿了一对核桃，请傅玉涛看看，能不能卖个块儿八毛的。傅玉涛接过来一看，用手掂了掂两颗核桃，说：

"哎呀，这可是好东西！两颗核桃的大小、分量、形状，完全一样，是天生的一对。这是'子孙万代'呀！"

"什么叫'子孙万代'？"

"这你都不懂，亏你还是个打小鼓的呢！你看，这核桃的疙瘩都是一个一个小葫芦。这就叫'子孙万代'。这是真'子孙万代'。"

"'子孙万代'还有真假之分？"

"真的葫芦是生成的，假'子孙万代'动过刀，有的葫芦是刻出来的。这对核桃可够年份了。大概已经经过两代人的手。没有个几十年，揉不出这样。你看看这颜色：红里透紫，紫里透红，晶莹发亮，乍一看，像是外面有一层水。这种色，是人的血气透进核桃所形成。好东西！好东西！——

让给我吧!"

"傅先生喜欢,拿去玩吧。"

"得说个价。"

"咳,说什么价,我一毛钱收来的。"

"那,这么着吧,我给两块钱,算是占了你的大便宜了。"

"傅先生,您这是干什么!咱们是老街坊,我受过您的好处,一对核桃还过不着吗?"

傅玉涛掏出两块钱,塞进小赵的口袋。

"傅先生!傅先生!唉,这是怎么话说的!"

傅玉涛对这一对核桃真是爱如性命,他做了两个平绒小口袋,把两颗核桃分别装在里面,随身带着。一有空,就取出来看看,轻轻地揉两下,不多揉。这对核桃正是好时候,再多揉,就揉过了,那些小葫芦就会圆了,模糊了。

"文化大革命"。

红卫兵到傅玉涛家来破四旧,把他的小文物装进一个麻袋,呼啸而去。

"四人帮"垮台。

傅玉涛不再收藏文物,但是他还是爱逛地摊,逛古玩店。有时他想也许能遇到这对核桃。随即觉得这想法很可笑。十年浩劫,多少重要文物都毁了,这对核桃还能存在人间么?

一天,他经过缸瓦市一个小古玩店,进去看了看。一看,他的眼睛亮了:他的那对核桃!核桃放在一个玛瑙碟子里。他掏出放大镜,隔着橱柜的玻璃细细地看看:没错!这对核桃他看的次数太多了,核桃上有多少个小葫芦他都数得出来。他问售货员:"这对核桃是什么人卖的?"——"保密。"——"原先核桃有两个平绒小口袋装着的。"——"有。扔了。——你怎么知道?"——"小口袋是我缝的。"——"?"傅玉涛看了看标价:外汇券250。这时进来了一个老外。老外东看看,西看看,看见这对核桃。

"这是什么?"

售货员答:"核桃。"

"玉的?"

"不是玉的。就是核桃。"

"那为什么卖那么贵?"

售货员请傅玉涛给老外解释解释。

傅玉涛说:

"这不是普通的核桃,是山核桃。"

"山核桃?"

"这种核桃不是吃的,是揉的。"

"揉的?"

傅玉涛叫售货员把玻璃柜打开。傅玉涛把两颗核桃拿在手里，熟练地揉了几圈。

"这样。"

"揉？有什么好处？"

"舒筋活血。"

"舒，筋，活，血？"

"您看这核桃的色，红里透紫，紫里透红，这是人的血气透进了核桃。"

"血——气？"

"把核桃揉成这样，得好几十年。"

"好几十年？"

"两代人。"

"两代人，揉一对核桃？"

"Yes！"

"这对核桃，有一个名堂，叫'子孙万代'。"

"子孙万代？"

"您看这一个一个小疙瘩，都是小葫芦。"傅玉涛把放大镜给老外，老外使劲地看。

"是雕刻的？"

"No，是天生的。"

"天生的？噢，上帝！"

"这样的核桃,全中国,您找不出第二对。"
"我买了!"
老外付了钱,对傅玉涛说:
"Thank You,——谢谢你!"
老外拿了这对子孙万代核桃,一路上嘟哝:
"子,孙,万,代!子孙万代!"

傅玉涛回家,炒了一个麻豆腐,喝了二两酒,用筷子敲着碗也唱了一句西皮慢三眼:
"我好比笼中鸟有翅难展……"

      一九九三年八月二十七日

非 往 事

无缘无故的恨

我们这些"黑帮"正在劳动的劳动,写检查的写检查,忽然听到哨音:"黑帮都到前院集合!"于是"黑帮"从各个"学习班"急忙跑出来,跑步到前院集合。所谓"黑帮",包括原来的党委书记、副书记、剧团团长、"资产阶级学术权威"——即著名演员,还有原在党委、人事处工作的中级干部。干什么呢?

原来从外面来的一个(不知是什么来头的)造反派,要向"黑帮"训话。是个小伙子,大概读过高中一年级。他长

---

* 初刊于《钟山》一九九四年第五期,初收于北师大版《汪曾祺全集》第二卷。

得精瘦精瘦，眼睛露出仇恨的凶光。他把我们劈头盖脸，没头没脑地臭骂了一顿。大意是说：你们竟敢反对毛主席，反党，是可忍孰不可忍！他忽然跳得老高，对"革命群众"大叫："你们应该恨他们！"忽然咕咚一声倒在地下，休克了，死过去了。

这可乱了套！革委会赶紧找车，把他送到医院急救。

"黑帮"们没有人管了，站了一会，彼此一使眼色，各自溜回到学习室。

这个造反派并不认识我们，他不知道我们姓什名谁，有什么问题，他怎么会那样激动，激动得休克了？

世界上无缘无故的恨是有的！

鞋　底

萨其玛到家属委员会找到陆阿姨，告发他妈是反革命。

"你妈怎么是反革命？"

"她用毛主席像剪鞋底。"

萨其玛姓萨，这座楼里的孩子都叫他萨其玛。萨其玛八岁，念小学二年级。

萨其玛在楼道里整理他的邮票——他集邮，听到他妈在屋里哧拉哧拉地剪什么，进屋一看，他妈在用一张毛主席像剪鞋底。萨其玛大喝一声：

"你干什么！"

吓了他妈一跳。

"你是反革命！"

陆阿姨问：

"你妈怎么是反革命？"

"她用毛主席像剪鞋底！"

"叫你妈来！"

陆阿姨的丈夫是印厂工人。她在印厂幼儿园当过保育员，不知道怎么成了家属委员会主任。他们家成份好，陆主任张嘴就是"我们工人阶级"。她权力很大，管的事很多，很忙。通知各家不许养狗、养鸡。毛主席有最新指示下来了，组织本楼居民游行，——从七号楼出去，上马路，走一截，到一号楼就解散了。公安局发下通缉在逃的刑事犯罪分子的布告，她打了浆子实贴在各楼门道的墙上。她有一支队伍，她把七号楼的大妈组织起来，负责这一带的治安。做了几个袖箍，红底白字："治安员"。谁值班就套上。值班的大妈自备小板凳，坐在楼前的马缨花——北京叫做"绒花树"树荫里，一边纳鞋底，一边拿眼"贼"着形迹可疑的来往行人，监视本楼的"分子"们的动态。其实没有什么动态，不过是到对面副食店换一瓶酱油,到菜市场买回了一条白鲢子……大妈们都是小脚,楼里的孩子管她们叫"小脚侦缉队"。小脚侦缉队都很积极,陆主任有什么指示,无不立即响应,坚决执行。

萨其玛的妈到了居委会。

"啥事?"

"是你用毛主席像剪了鞋底?"

"剪了。"

"毛主席像怎么可以剪鞋底呢?"

"俺瞧这纸挺结实,挺厚实。"

"你真糊涂!我要到派出所把这件事汇报一下。你在家里等着。不许乱跑,不许乱说乱动!"

陆主任骑上车走了。

萨其玛的妈看着她的背影,说:

"啥事一惊一炸的!"

过了不到一个小时,陆主任回来了,召集本楼居民——主要是那些小脚侦缉队到马缨花下开会。大家都自带小板凳,手里拿着鞋底。陆主任讲话,略谓:

"萨其玛的妈,——你妈姓什么?"

"姓王。"

"萨王氏用毛主席像剪了一对鞋底。问题是严重的,情节是恶劣的,属于反革命性质。主席像是神圣的,怎么可以剪鞋底?毛主席教导我们:把敌人打翻在地,再踏上一只脚。萨王氏却要把毛主席踩在脚底下,是可忍孰不可忍!"

一个"氏"插话:

"侄儿可忍,叔不可忍!"

"不要乱插嘴!——本来应该严肃处理。经与派出所领导研究,认为萨王氏是农村妇女,没有文化,决定予以宽大,从轻发落,给予监督劳动的处分:每天清扫七号楼六层楼的楼道、楼梯。要扫得干净、彻底。毛主席教导我们说:扫帚不到,灰尘照例不会自己跑掉。大家有意见没有?"

大妈们齐声喊道:

"没意见!"

连萨其玛的妈也举着鞋底跟着一块喊:

"没意见!"

陆阿姨对萨其玛说:

"那双鞋底和剪破了的主席像要好好保存起来,不许烧掉,毁掉。没准儿上级要调查这个案件,这是个罪证。"

萨王氏叫起来:

"啥?罪证?俺犯了罪咧?"

萨其玛把鞋底和主席像夹在一本《人民画报》里,放在柜橱顶上。

时间过得真快,"文化大革命"过去好些年了。萨其玛长大了。他上了小学,上了中学,还上了大学,——医学院,已经在一个医院当见习医生。

有一天下班回来,他忽然想起那双鞋底。他从柜橱顶上取下那本儿《人民画报》,抖去灰尘,看看鞋底,独坐良久,若有所思。

他看看在楼道里纳鞋底的妈:妈老了。

打　叉

"庹"这个姓很少见,这个姓南方好像没有,北京却有,而且多半是"梨园行"的,这个字读"妥"。

庹家哥儿仨都是学"场面"(打击乐——戏班里称乐队为"场面",特指"武场"即打击乐)的。老大是打鼓的,兼乐队队长。他是党员。有个特点,是爱"记",开会,领导讲话,他都拿笔记本不停地记。不知道他记什么。开会,他极少发言,发言也呜哩呜噜,听不明白,不知他说的是什么。除此之外,看不出他与"群众"有何区别。他很注意仪表。他是个高个儿,但是脸色白净。他的背头梳得倍儿光。

穿内联陞的千层底礼服呢圆口鞋,白尼龙丝袜。他爱吃天福的酱肘子卷烙饼。下班时路过天福,总要买一小包酱肘子带回家。这酱肘子全家只有他一个人享用,别人谁也别想动。

老二是打大锣的。外号"二喷子",因为他爱乱"喷"——胡说八道。

老三打小锣。在戏班里,场面上工资(过去叫"开份儿")最高的是打鼓的。其次是打大锣的。打小锣、铙钹的最低。打小锣、铙钹的都不甘心,都想往上窜,打鼓。每天到剧团都可听到一些乐队的青年"山后练鞭"——练腕子。大都是用两根鼓箭子打鞋底。有的甚至天一亮就到城墙头上用两根铁筷子打城砖。戏班里常说"若要人前显贵,必要人后受罪",干梨园行的,要"肚里长牙"。

梨园界的"人际关系"和"外行"(非梨园行)的不同。他们很重视师徒关系。"三节"——年下、端午、中秋,两寿(师傅和师母生日),徒弟须备几色礼品,到师傅家里贺节行礼。其次是师兄弟,时不常的也是小聚一下。其余的亲友,就是淡淡的了。庹家三兄弟是亲兄弟,但是很少走动,各人顾各人。

庹三儿从小就调皮捣蛋。从科班到搭班做活,不断搞些恶作剧的事。在抄功老师的鼻烟里掺进了胡椒面。在跑宫女的女演员的水衣子里放个臭虫。一个唱二旦的男演员在吃饭，他给他脖子上围了一条蛇。唱二旦的最怕耗子，见了耗子就连蹦带窜。三儿以为他怕耗子，必然怕蛇。不想这位二旦怕耗子却不怕蛇，他围着这条蛇，若无其事地吃了两碗饭！

"文化大革命"了，三儿快乐极了。"革命群众"斗"黑帮"，他积极参与。"黑帮"在院里站在板凳上挨斗。党委书记站得太久，尿憋不住了，尿了裤子，一大泡尿顺着裤腿哗哗地流了下来。斗副团长时，一个姓耿的抄功老师喊："叫他把帽子摘下来！"三儿上去摘了他的帽子；副团长小时生过癞痢头，平常都戴着帽子——包括上澡堂洗澡也戴了一个丝织的帽盔。一摘帽子，露出他的花花斑斑的头皮。"革命群众"于是大笑。有外单位来的造反派来串连，问起剧团斗"黑帮"的情况，三儿接待了他们，详细叙述"黑帮"挨斗的各种细节。庹三儿口讲指画、眉飞色舞。

造反派想尽办法折腾"黑帮"。

各单位都给"黑帮"挂牌子，剧团给"黑帮"准备的牌子跟别的单位不同：《拿高登》的石锁、诸葛亮抚的瑶琴、《玉堂春》的鱼枷……。庹三儿搜集、改装这些牌子非常起劲。

造反派命令"黑帮"在院里罚跪，给他们剃头——用推子在头上开出一条"马路"。庹三儿喀嚓喀嚓接连推了几个。

造反派给"黑帮"们"勾上"——画了脸;扮上——戴了一根翎子的"反王盔",叫他们在院子游街,叫他们"自报家门"。每人发给他们一面锣。敲一声锣,喊一声:"走资派×××"、"反动学术权威×××"……。谁的报名声小,锣敲得不响,庹三儿就给他一刀胚子。

哎呀,"文化大革命",太来劲了!

庹三儿是个"浆子手"。剧团不知怎么一下子涌现了写大字报的能手,一夜之间能糊满一墙,号称"刀儿笔"(剧团儿化字特多)。庹三儿"幼而失学"(这是剧团惯用的语言),识字不多,字写得尤其不成样子,当不了刀儿笔,只能在战斗组刷大字报的浆子。戏台上有"刽子手"、"牢子手",庹三儿便被称为"浆子手"。"刀儿笔"写完了大字报,高叫:"浆子手!"庹三儿高声答应:"在——呦!"

战斗间隙,没什么事,庹三儿在战斗组用旧报纸练字。他练的永远只是五个字:"毛主席万岁"。写完了,还要自我欣赏一番。有一次写了一条,觉得"毛主席"的"席"字的一竖写得太长,也写歪了,偏着头端详了一会,用"判仿"的办法,拿起笔来在"席"字的下端打了两个叉。鉴赏完了,随手丢在一边。

不想这条字叫同一战斗组一个叫大俞的拉大提琴的(剧团"文革"前因演现代戏,调来一些搞西洋音乐的)看在眼里。大俞把这条字收起来，摺好了，不声不响压在箱子底下。

大俞是个有心机的人，他收藏了庹三儿这条字，没有跟任何人提过，一直在箱底压了半年。

到了"清队"（清理阶级队伍），大俞把庹三儿这条字交给了革委会、军宣队。这是个爆炸性的反革命事件。

军宣队把这条字拿给庹三儿看。庹三儿傻了眼了。

出组——离开战斗组。

参加学习班。

参加学习班的有各种人：走资派、资产阶级权威、历史反革命、入过一贯道的，还有有"男女关系"的演员。

大家都在学《毛选》，写检查交待。

学习班所在地原是剧场的休息室，很宽大，有桌子椅子，中午还可以把椅子拼起来睡午觉。

检查不知道写过了多少遍，翻来覆去只是那样一些老问题。一二三四五一篇，五四三二一又一篇。大家知道没有什么了不得的，只是等着处理，因此吃得下睡得着，比战斗组的"战士"过得还要轻松。

只有庹三儿有点坐立不安。他的问题是新问题。叫他交待，交待什么呢？他又没有多少文化，写的材料前言不搭后语。

他费了九牛二虎之力,写了一份检查,请一个女演员提提意见。女演员看了,说:"你这样写不行,得上纲上线,深挖你的思想,交待你为什么对毛主席有那样深的仇恨。否则一定通不过!"——思想?仇恨?——"你对毛主席有什么不满意?总能挖出一些来的。"庹三儿冥思苦想,终于挖出来了。他写道:"我原来想打鼓,毛主席不让演帝王将相,我打不成鼓了,故此(戏班里的演员爱说"故此")我恨他。"

我也看过他的检查,问他:"这是你的'活思想'么?"他说:"不这么写通不过。"有一天在楼梯上,我和庹老大轻轻地说:"叫你们老三写材料要实事求是,不要瞎写,这可不是闹着玩的事:白纸黑字!"老大含含糊糊地不知说了一句什么。我跟二喷子也说过同样的话。二喷子回答得更干脆:"我管不着!他话该!"庹三的问题是"现行"的,他的两个哥哥要和他"划清界限",避之唯恐不及,哪里会跟三兄弟尽一忠言呢?——万一三儿把他们跟他说的话也汇报上去,那怎么办?

过了一个多星期,公安局来了两个警察把庹三儿铐走了。

大家不再提起庹三儿,也很少人打听他的下落。听说起初关在第一监狱,后来转到天堂河劳改,一去七年。

"四人帮"倒台,"文化大革命"结束,庹三儿放回来了。他好像完全变了个人,不胡玩疯闹了,也不再恶作剧了,他很少说话,见人有时也笑一笑,笑得很惨。

他还是打小锣。

窥　浴

岑明是吹黑管的,吹得很好。在音乐学院附中学习的时候,教黑管的老师虞芳就很欣赏他,认为他聪明,有乐感,吹奏有感情。在虞芳教过的几班学生中,她认为只有岑明可以达到独奏水平。音乐是需要天才的。

附中毕业后,岑明被分配到样板团。自从排练样板戏以后,各团都成立了洋乐队。黑管在仍以"四大件"为主的乐队里只是必不可少的装饰,一晚上吹不了几个旋律。岑明一天很清闲。他爱看小说。看《红与黑》,看D.H.劳伦斯。

岑明是个高个儿,瘦瘦的,卷发。

他不爱说话,不爱和剧团演员、剧场职员说一些很无聊的荤素笑话。演员、职员都不喜欢他,认为他高傲。他觉得

* 初刊于《作品》一九九五年第九期,初收于《矮纸集》。

很寂寞。

俱乐部练功厅上有一个平台,堆放着纸箱、木板等等杂物。从一个角度,可以下窥女浴室,岑明不知道怎么发现了这个角落。他爬到平台上去看女同志洗澡。已经不止一次。他的行动叫一个电工和一个剧场的领票员发现了,他们对剧场的建筑结构很熟悉。电工和领票员揪住岑明的衣领,把他拉到练功厅下面,打他。

一群人围过来,问:

"为什么打他?"

"他偷看女同志洗澡!"

"偷看女同志洗澡?——打!"

七八个好事的武戏演员一齐打岑明。

恰好虞芳从这里经过。

虞芳看到,也听到了。

虞芳在乐团吹黑管,兼在附中教黑管。她有时到乐团练乐,或到几个剧团去辅导她原来的学生,常从俱乐部前经过,她行步端庄,很有风度。演员和俱乐部职工都认识她。

这些演员、职员为什么要打岑明呢?说不清楚。

他们觉得岑明的行为不道德?

他们是无所谓道德的观念的。

他们觉得自己受到了侵犯,甚至是污辱(他们的家属是常到女浴室洗澡的)。

或者只是因为他们讨厌岑明,痛恨他的高傲,他的落落寡合,他的自以为有文化,有修养的劲儿。这些人都有一种潜藏的,严重的自卑心理,因为他们自己也知道,他们是庸俗的,没有文化的,没有才华的,被人看不起的。他们打岑明,是为了报复,对音乐的,对艺术的报复。

虞芳走过去,很平静地说:

"你们不要打他了。"

她的平静的声音产生了一种震慑的力量。

因为她的平静,或者还因为她的端庄,她的风度,使这群野蛮人撒开了手,悻悻然地散开了。

虞芳把岑明带到自己的家里。

虞芳没有结过婚,她有过两次恋爱,都失败了,她一直过着单身的生活。音乐学院附中分配给她一个一间居室的宿舍,就在俱乐部附近。

"打坏了没有?有没有哪儿伤着?"

"没事。"

虞芳看看他的肩背,给他做了热敷,给他倒了一杯马蒂尼酒。

"他们为什么打你?"

岑明不语。

"你为什么要爬到那么个地方去看女人洗澡?"

岑明不语。

"有好看的么?"

岑明摇摇头。

"她们身上有没有音乐?"

岑明坚决地摇了摇头:"没有!"

"你想看女人,来看我吧。我让你看。"

她乳房隆起,还很年轻。双腿修长。脚很美。

岑明一直很爱看虞老师的脚。特别是夏天,虞芳穿了平底的凉鞋,不穿袜子。

虞芳也感觉到他爱看她的脚。

她把他的手放在自己的胸上。

他有点晕眩。

他发抖。

她使他渐渐镇定了下来。

(肖邦的小夜曲,乐声低缓,温柔如梦……)

唐门三杰

《淮南子·泰族训》:"故智过万人者谓之英,千人者谓之俊,百人者谓之豪,十人者谓之杰。"《诗·周颂·载芟》:"有厌其杰。"孔颖达疏:"厌者苗长茂盛之貌。杰,谓其中特美者。"

唐老大、唐老二、唐老三。唐杰秀、唐杰芬、唐杰球。他们是"门里出身",坐科时学的就是场面。他们的老爷子就是场面。他们学艺的时候,老爷子认为他们还是吃场面饭。要嗓子没嗓子,要扮相没扮相,想将来台上唱一出,当角儿,没门!还是傍角儿,干场面。来钱少,稳当!有他

---

* 初刊于《天涯》一九九六年第四期,初收于北师大版《汪曾祺全集》第二卷。

在，同行有个照应，不会给他们使绊子，给小鞋穿。出了科，哥仨在一个剧团做活。老大打鼓，老二打大锣，老三打小锣。

我认识唐老大时他还在天坛拔草。是怎么回事呢？同性恋。他去女的。他是个高个子，块头不小，却愿意让人弄其后庭，有这口累。有人向人事科反映了他的问题。怎么处理呢？没什么文件可以参考。人事科开了个小会，决定给予行政处分，让他去拔草，这也算是在劳动中改造。拔了半个月草，又把他调回来了，因为剧团需要他打鼓。他打鼓当然比不了杭子和、白登云，但也打得四平八稳，不大出错。他在剧团算是一号司鼓。这几年剧团的职务名称雅化了。拉胡琴的原来就叫"拉胡琴的"，或者简称"胡琴"，现在改成了"操琴"。打鼓的原来叫做"打鼓佬"，现在叫"司鼓"。有些角儿愿意叫他司鼓，有几出名角合作的大戏更得找他，这样角儿唱起来心里才踏实。唐老大在梨园行"有那么一号"。

他回剧团跟大家招呼招呼，就到练功厅排戏，抽出鼓箭子，聚精会神，若无其事。这种"男男关系"在梨园行不算什么大不了的事。只有在和谁意见不和，吵起来了（这种时候很少），对方才揭他的短："到你的天坛，拔你的草去吧！"唐杰秀"不以为然"（剧团的话很多不通，"不以为然"的意思不是说对事物持不同看法，而是不当一回事；这种不通的话在京剧界全国通行），只是说："你管得着吗！"

唐杰秀是剧团第一批发展的党员，是个老党员了。怎么会把他发展成党员？他并不关心群众。"群众"（几个党员都爱称未入党的人为"群众"，这意味着他们在政治上比群众要高一头）有一点病，他不去看看。群众生活上有困难，他"管不着"。他开会积极，但只是不停地在一个笔记本上记录领导讲话。他到底记了些什么，不知道。他真只是听会。极少发言。偶尔重复领导的意见，但说不出一句整话。他有点齉鼻儿，说起话来呜噜呜噜的，简直不知道说什么。为什么发展他，找不到原因。也许因为他不停地记笔记？也许因为他说不出一句整话？

他很注意穿着。内联陞礼服呢圆口便鞋，白单丝袜。到剧团、回家，进门就抄起布掸子，浑身上下抽一通，擦干掸净。夏天，穿了直罗长裤。直罗做外裤，只有梨园界时兴这种穿法。

他自奉不薄，吃喝上比较讲究，左不过也只是芝麻酱拌面、炸酱面。但是芝麻酱面得炸一点花椒油，顶花带刺的黄瓜。炸酱面要菜码齐全：青蒜、萝卜缨、苣荬菜、青豆嘴、白菜心、掐菜……。他爱吃天福的酱肘子。下班回家，常带一包酱肘子，挂在无名指上，回去烙两张荷叶饼一卷，来一碗棒楂粥，没治！酱肘子只他一个人吃，孩子们，干瞧着。

他觉得心安理得,一家子就指着他一人[1]挣钱!

说话,"文化大革命"。"文化大革命"是大倒退、大破坏、大自私。最大自私是当革命派,最大的怯懦是怕当权派[2],当反动派。简单地说,为了利己大家狠毒地损人。

唐杰芬外号"二喷子"是说他满口乱喷,胡说八道。他曾随剧团到香港演出,看到过夏梦,说:"这他妈的小妞儿!让她跟我睡一夜,油炸了我都干!""油炸"、"干煸",这在后来没有什么,在二喷子说这样话的当时却颇为悲壮。

唐杰秀也"革命",他参加了一个战斗组,也跟着喊"万岁",喊"打倒","大辩论"也说话,还是呜哩呜噜,不知道说了些什么。他还是记笔记,现在又加了一项,抄大字报。不知道抄些什么。大家都知道,他的字写得很慢,只有"最新指示"下来时,他可以出一回风头。每次有"最新指示"都要上街游行。乐队前导,敲锣打鼓。剧团乐队的锣鼓比起副食店、百货店的自然要像样得多。唐杰秀把大堂鼓搬出来,两个武行小伙子背着,他擂动鼓槌,迟疾顿挫,打出许多花点子,神采飞扬,路人驻足,都说:"还是剧团的锣鼓!"唐杰秀犹如吃了半斤天福酱肘子,——"文革"期间,

---

1 初刊本、初版本为"一个",据手稿改为"一人"。——编者注
2 初刊本、初版本为"怕当当权派",据手稿改为"怕当权派"。——编者注

天福酱肘子已经停产,因为这是"资产阶级生活方式"。

唐杰球,剧团都叫他"唐混球"。这家伙是个"闹儿",最爱起哄架秧子,一点点小事,就:"噢哦!噢哦!给他一大哄噢!"他文化程度不高,比不了几个"刀笔",可以连篇累牍地写大字报,他是"浆子手"(戏台上有"刽子手"、"牢子手"[1])。专门给人刷浆子,贴大字报。"刀笔"写好了大字报,一声令下:"得,浆子手!"他答应一声:"在!——噫!"就挟了一卷大字报,一桶浆糊,找地方实贴起来。他爱给走资派推阴阳头,勾上花脸,扎了靠,戴上一只翎子的"反王盔",让他们在院子里游行。不游行,不贴大字报的时候,就在"战斗组"用一卷旧报纸练字。他生活得很快活,希望永远这么热热闹闹下去。

赶上唐山地震,好几天余震未停。一有震感,住在二楼三楼的就蜂拥下楼,在一楼大食堂或当街站着。唐杰芬也混在人群里跟着下楼。忽然有个洋乐队吹小号的一回头:"咳!你怎么这样就下来了!"二喷子没有穿衣服,光着身子,那东西当郎着。他这才醒悟过来,两手捂着往回走。也奇怪,从此他不"喷"了,变得老实了。

谁都可以"揪"人,也随时有可能被"揪"。"×××,出来!"这个人就被揪出组——离开战斗组。谁都可以审查

---

[1] 初刊本、初版本无"牢子手",据手稿补。——编者注

人,命令该人交待问题,这叫"群众专政"。揪过来,审过去,完全乱了套,"杀乱了"。唐杰球对揪人最热心,没有想到他也被揪出来了。

前已说过,在没有什么热闹时,唐混球就用一沓旧报纸在战斗组练字。他练的字总是那几个:"毛主席万岁"。练完了,还要反复看看,自我欣赏一番。有一天写了一条"毛主席万岁"标语,自己很不满意:"毛主席"的"席"字写得太长,而且写歪了。他拿起笔来用私塾"判仿"的办法在"席"字的"巾"字下面打了一个叉。打完叉就随手丢在一边,没当回事。不想和唐杰球同一战斗组的一个人叫大俞潮,趁唐杰球不注意时把这张标语叠起来藏在自己的箱底。事情早过去了,在清队(清理阶级队伍)时大俞潮把唐杰球写的标语找出来交给了军代表。全团大哗,揪出了一桩特大反革命案件!"清队"本来有点沉闷,这一下可好了,大家全都动员起来,忙忙碌碌,异常兴奋。

首先让他"出组",参加被清查对象的大组学习,交待问题。

让他交待什么呢?他是个混球[1]。

好不容易写了一篇交待,他请大组的同志给他看看,这样行不行,倒是都看了一遍,都没有说什么。只有一个女演

---

[1] 初刊本、初版本为"唐混球",据手稿改为"个混球"。——编者注

员说:"你这样准通不过!你得上纲,挖出你的心里话,你得说说你为什么对毛主席有仇恨,为什么要在'席'字的最后一笔打了叉。要写得沉痛,你要深挖,总可以挖出一些别人不知道的思想,要不怕疼,要刺刀见红!"于是,他就挖起来。他说:"我本来想打锣。毛主席搞革命现代戏,我打不成锣了,所以我恨他。"我看过他的交待,在楼梯拐角处小声对唐老大说:"叫你们老三交待要实事求是,不要瞎说。"唐老大含含糊糊。我跟唐老二也说过同样的话,老二说:"管不着!"过了几天,公安局来了人,把他铐走了。

大俞潮这样做真可谓处心积虑,存心害人。为什么呢?他和唐杰球往日无冤,近日无仇。他是洋乐队拉大提琴的,唐混球是打小锣的,业务上井水不犯河水,他干嘛给他来这么一手?他自己也没有得什么好处,军代表并没有表扬他。他落得一个结果:谁也不敢理他。见面也点点头,但是"卖羊头肉的回家,不过细盐(言)",因为捉摸不透这人心里想什么,他为什么把唐老三的标语藏了那么多日子,又为什么选择一个节骨眼交出来。大俞潮弄得自己非常孤立。不多日子,他就请调到别的单位去了,很少再看到他。

唐杰球到公安局,先是被臭揍了一顿,然后过了几次堂,叫他交待问题。他实在交待不出什么问题,他本来没有什么问题,屎盆子是他自己扣在头上的。在公安局拘留审查了一阵，发到团河劳改农场劳动。一去几年，没有人再过问他的事。他先是度日如年，猫爪抓心，不知道他的问题是个什么结果。到后来"过一天算一日"，一早干活，傍晚吃饭，什么也不想了。

唐杰球关在团河农场劳动的漫长岁月，他的两个哥哥，唐老大、唐老二没有去探视过一次。

他们还算是弟兄吗？

一直到"文化大革命"结束，唐杰球放回来了。他还是打小锣，人变傻了。见人龇牙笑一笑，连话都不说。有人问他前前后后是怎么回事，他不回答，只是一龇牙。

唐老大添了一宗毛病：他把头发染黑了，而且烫了。有人问他："你染了发？烫了？"他瓮声瓮气地说："谁教咱们有那个条件呢！"条件，是头发好，不秃。他皮色也好[1]，白里透红，——只是细看就看出脸上有密密的细皱纹。他五十几了，挺高的个儿。一头烫得蓬蓬松松的黑头发。看了他的黑发、白脸，叫人感到恶心。

然而，"你管得着吗？"

1　初刊本、初版本为"皮色好"，据手稿改为"皮色也好"。——编者注

死　了

我死了,真逗。

我这人。不赖。挺好。歪的,斜的,没有。实在,说话算话[1]。答应过的事一定做到。

身体挺好。从来不生病。有一点不大舒服,抄起铁锹噌噌干一阵活,出一身粘汗,就好了。我不上医院,除非等我死了,把尸体捐给县医院,让他们解剖,让他们看清楚我的头蹄下水,弄清楚我得的是什么病,弄清楚我怎么死的。说话算话。头蹄下水分了家,弄得四分五裂,乱七八糟,自然不大好看。不过我自己看不见,也不疼。说话算话。

---

* 初刊于《天涯》一九九六年第四期,初收于北师大版《汪曾祺全集》第二卷。

1 "说话算话"初刊本无,从初版本。——编者注我不赌钱。赌,会是会的,不好。酒会喝,也不多喝。没有娶过女人,一直打光棍。不瞒你,到现在还是童男子。

我去跟小田借了五百块钱。

小田是日本人,做生意的,住在堡里。他收购三棱子荞麦,收购蕨菜。日本人爱吃荞面,压饸饹,专门要这地方出的三棱子荞麦。日本人爱吃蕨菜。庄户人到山里采了蕨菜,当时用一点盐揉一下,新鲜。收到荞麦、蕨菜,用飞机运到日本。这家伙,有钱。

我答应堡里希望工程捐五百块钱,到了交款的时候了,我的钱不够。咋办?

堡里有个地下赌场,招人推牌九,一翻两瞪眼。我想赢几把,凑足五百块钱。手气不好。几把下来,就输光了。

咋办?

我去找小田借。

小田跟我不错,不知道啥原因。

小田借给我五百,他一定要留我陪他吃饭。

这家伙很能吃,一顿饭要吃五个棒子面贴饼子,喝一斤白酒。他爱吃臭豆腐。爱吃烤雏鸡、鸽子。日本人吃雏鸡鸽子不褪毛,三把两把把鸽子皮、鸡头撕掉,只留两个脯子,两条大腿,撒一点盐花、辣椒面,在炭火上烤烤,带着血就大口大口嚼起来。

死　了

他让我也照他这样吃。吃就吃,怕啥!

吃了一只鸡、两只鸽子、五个贴饼子,这家伙来了劲,说:

"你的,还是童男子?没有跟女人……嗯?"

他用手比划着:"没有?"

我说我明白了。日本鬼子占过这个堡,老百姓编了几句日本话,顺口溜,我告诉他:

"咪西咪西是吃饭,

八嘎呀鲁是混蛋,

塞古塞古不好看!"

我问他,是不是问我"塞古"过没有?

他哈哈大笑。"塞古塞古不好看!哈哈哈哈……好看的!怎么不好看!哈哈哈哈……。"

我得走了。我得把捐给希望工程的钱给人家送去,一会办事处该下班了。

我忽然难受起来,心口痛。痛得我受不了,浑身冒汗。

咋了?

我倒在路口,被人发现了。

县医院派急救车来,把我放上担架。

我迷糊了。迷迷糊糊的,我还说了两个字:真逗。

堡里人把我的遗物装在一个坛子里,埋了。没有多少遗物,几件旧衣服。还有一个万花筒,我小时候玩过的。这么大的人了,有时还要拿出来,转来转去地看看。

日本人小田参加了我的葬礼,小田说:
"他,好。中国人。"

一九九六年四月二十一日

当代野人

可有可无的人

谁都是可有可无的。

戏曲界多数演员学戏、唱戏,实在是一场误会,根本不够条件,要嗓子没嗓子,要扮相没扮相,要个头没个头。只是因为几代都是唱戏的,一出娘胎就注定是唱戏的命,别无选择。孩子到了岁数,托托人,就往科班里一送。科班是管吃住的。孩子坐了科,家里就少一张嘴。出了科,能来个活,开个戏份,且比拉洋车、捡破烂强。唱红,是没有指

---

* 初刊于《当代》一九九六年第六期,初收于北师大版《汪曾祺全集》第二卷。

望的。庾世荣就是这样一块料。蹲了八年大狱[1],只能当个底包,来个边边沿沿的角,"淅沥零碎"。后台管事在派角时,总是先考虑别人,剩下的,才在牙笏上写上他凑数。他学的是架子花,至多来个"曹八将"、"反王"。他唱"点将",有字无音,只在最后一句"要把,狼烟扫"随着别人吼一嗓子[2]。他的"玩艺儿"从来没有得过"好",只有一次在一个小评剧团赶了一"包",把评剧管彩匣子的"镇"了一下。评剧原来没有武打,没有勾脸的架子花,为了吸引观众,有时也穿插一两场武戏。武打演员都是从京剧班子里约的。没有"总讲",更没有"单提",演员连自己演的人物姓什么叫什么,都不知道,只要记住谁是"正的",谁是"反的",上去打一个"小五套","漫头","鼻子","正的"打"反的"一个抢背,"反的"捣耳瞪眼,作惊恐状,"四记头"亮住,"反的"拖枪急下,"正的"大笑三声:"啊哈,啊哈,啊喝哈哈……——追!""枪下场"或"刀下场",这一场就算完了。庾世荣勾了脸,管彩匣子的连声赞叹:"还是人家京剧班的,

---

1 科班一般是八年毕业,生活很苦,规矩很严,学戏的都说这是八年大狱。

2 "点将"本是唢呐曲牌《点绛唇》,因多用于元帅升帐、豪客排山,故通称"点将"。"点将"的通用"大字"是:"将士英豪,儿郎虎豹,军威耀,地动山摇,要把狼烟扫。"但"大字"常不唱,只在最后齐唱:"——狼烟扫。"庾世荣亦依常例,不能算错。

这脸勾得多干净!"这件事庾世荣屡屡提起,正如他的名字,是一世之荣。就算他的脸勾得不错,这又有什么了不起呢?

解放后他参加了国营剧团。国营剧团定员、定工资,庾世荣有了固定收入,每月月初拿戳子到会计室领钱,再不用一晚上四处赶包,生活安定了。吃食上也好多了,除了熬白菜、炒麻豆腐,间长不短的来一顿炖肉。他爱吃猪下水,肠子、肚子、猪心、肺头,吃起来没个够。大夫跟他说:"这不是什么好东西,高胆固醇。"——"管那个呢!"照吃不误。他有时一晚上没有活,也不用说戏排戏,进门应个卯,得机会就出去满世界遛弯,买点俏货,到南横街"小肠陈"来两个卤煮火烧,垫补垫补。时不常的,也到练功厅练练功。他的开蒙老师常说:"'艺术'、'艺术',有艺还得有术。""艺术"还可以这样拆开来讲,这是京剧界的一大发明。怎么练,他的功也不会长了,但是活动活动也有好处,——吃饭香。他的练功,不过是拉个山膀,踢踢脚,耗耗腿,"大跟头"是绝对不翻了。他过得很舒坦,很满足。

"文化大革命",他忽然出了一次大风头。他写不出大字报,也不能参加大辩论。但是他还是很积极,跑进跑出,传递消息,跟着喊"万岁",喊"打倒",满脸通红,浑身流汗。革命战士逐渐形成两大派,甲派和乙派,成天打派仗。庾世荣经过观察考虑,决定参加甲派效力,在热火朝天的漩涡中乱转。

一辆"解放"牌疾驰而来,在剧团门口停住,从车上跳下几个乙派,还有几个着军装,扎皮带,套着大红袖箍的红卫兵,闯进牛棚,把几个走资派推推搡搡押上车。原来乙派勾结了"西纠"(红卫兵西城纠察队),要把走资派劫走。甲派战士蜂拥冲出大门,坚决不同意他们押走走资派。"西纠"所以支持乙派,押走剧团走资派,因想通过批斗剧团走资派,揪出本市乃至中央的走资派,立一大功。甲派不同意劫走走资派,是因为走资派都没有了,还叫他们批斗谁?那甲派就完蛋了。双方展开激烈的争辩,剑拔弩张。一个"西纠"小头领对司机下了命令:"开走!别管他们!"正在千钧一发之际,庹世荣挟了一条席子往汽车前一铺:"开走?姥姥!"他往席子上一躺:"有种的从我身上轧过去!"司机犯不上为这么点事招惹一场人命,没有开动。甲派几个战士跳上车,把本团走资派夺下来,押回牛棚去了。司机倒车,从另一条路走了。

庹世荣这一壮举使全团为之刮目相看。不怕一万,就怕万一,万一司机是个混愣的小伙子,真把车开过来,庹世荣可是吃什么也不香了。

庹世荣的形象高大起来,他自己也觉得俨然是黄继光、董存瑞式的英雄,进进出出,趾高气扬。

但是好景不长,没有多少日子,他身上耀眼的光辉就暗淡了。他参加了革委会,无建树。后来又参加"五·一六"的调查、逼供信,愣把一个三八式的干部逼得承认自己是"五·一六"。但是"五·一六"是"文革"中的一大糊涂公案,根本是"老虎闻鼻烟,没有那宗事"。他还回演员队演曹八将,吼半句"要把狼烟扫",谁也不承认他真的是黄继光、董存瑞。

他得了病,血压高得异乎寻常,低压一百二,高压二百三。医生告诫他不能再吃肉。有时家里吃炖肉,他媳妇给他买两根顶花带刺的嫩黄瓜。这两根黄瓜给了他很大安慰:在家里,他还算个人物。

他死了,死于多种病并发症。一个也是唱架子花脸的二路角演员说医院的护士长告诉他,说:"你们那位庹同志,给他验血,抽了一试管血,竟有半试管是油!"这似乎不大可能。

要给他开追悼会,他媳妇不同意马上开,她提出条件,要追认庹世荣为党员。她以为如果老庹被追认为党员,则在分房子、子女就业等问题上,就会得到照顾。

她的想法不是毫无道理,但是新产生的党委会没有同意,认为他不够党员条件。

遗体告别,生前友好大部分都去了,庹世荣比平常瘦小了好些,他抽抽了。

一九九六年五月二十七日

吃　饭

关荣魁行二,他又姓关,后台演员戏称他为关二爷,或二爷。他在科班学的是花脸,按说是铜锤、架子两门抱。他会的戏不少,但都不"咬人"。演员队长叶德麟派戏时,最多给他派一个"八大拿"里的大大个儿、二大个儿、何路通、金大力、关泰。他觉得这真是屈才!他自己觉得"好不了角儿",都是由于叶德麟不捧他。剧团要排"革命现代戏"《杜鹃山》,他向叶德麟请战,他要演雷刚。叶德麟白了他一眼:"你?"——"咱们有嗓子呀!"——"去去去,一边儿凉快去!"关二爷出得门来,打了一个"哇呀":"有眼不识金镶玉,错把茶壶当夜壶,哇呀……"

关二爷在外面,在剧团里虽然没多少人捧他,在家里可是绝对权威,一切由他说了算。据他说,想吃什么,上班临走给媳妇嘱咐一声:

"是米饭、炒菜,是包饺子——韭菜的还是茴香的,是煎锅贴儿、瓯榻[1]子，——熬点小米粥或者棒楂儿粥、小酱萝卜，还是臭豆腐……"

"她要是不给做呢？"

"那就给什么吃什么呗！"

关二爷回答得很麻利。

"哦，力巴摔跤[2]！"

申元镇会的戏很多，文武昆乱不挡，但台上只能来一个中军、家院，他没有嗓子。他要算一个戏曲鉴赏家，甭管是老生戏、花脸戏，什么叫马派、谭派，哪叫裘派，他都能说得头头是道。小声示范，韵味十足。只是大声一唱，什么也没有！青年演员、中年演员，很爱听他谈戏。关二爷对他尤其佩服得五体投地，老是纠缠他，让他说裘派戏，整出整出地说，一说两个小时。说完了"红绣鞋"牌子，他站起要走，关二爷拽着他："师哥，别走！师哥师哥，再给说说！师哥师哥！……"——"不行，我得回家吃饭！"别人劝关二爷，"荣魁，你别老是死乞白咧，元镇有他的难处！"大家交了交眼神，心照不宣。

申元镇回家，媳妇拉长着脸：

---

1 "榻"疑为"煏"。——编者注
2 北京的歇后语，"力巴摔跤，给嘛吃嘛"。

"饭在锅里,自己盛!"

为什么媳妇对他没好脸子?因为他阳痿。女人曾经当着人大声地喊叫:"我算倒了血霉,嫁了这么个东西,害得我守一辈子活寡!"

但是他们也一直没有离婚。

叶德麟是唱丑的,"玩艺儿"平常。嗓子不响堂,逢高不起,嘴皮子不脆,在北京他唱不了方巾丑、袍带丑,汤勤、蒋干,都轮不到他唱;贾桂读状,不能读得炒蹦豆似的;婆子戏也不见精彩;来个《卖马》的王老好、《空城计》的老军还对付。老是老军、王老好,吃不了蹦虾仁。树挪死,人挪活,他和几个拜把子弟兄一合计:到南方去闯闯!就凭"京角"这块金字招牌,虽不能大红大紫,怎么着也卖不了胰子[1]。到杭嘉湖、里下河一带去转转,捎带着看看风景,尝尝南边的吃食。商定了路线,先到济南、青岛,沿运河到里下河,然后到杭嘉湖。说走就走!回家跟媳妇说一声,就到前门车站买票。

南方山明水秀,吃食各有风味。镇江的肴肉、扬州富春的三丁包子、嘉兴的肉粽、宁波的黄鱼鲞笃肉、绍兴的梅干

---

[1] 北京的军乐队混不下去,解散了,落魄奏乐手只能拿一支小号在胡同口吹奏,卖肥皂,戏班里称他们"卖了胰子"。

菜肉，都蛮"崭"。使叶德麟称道不已的是在高邮吃的喝嗤鱼籴汤，味道很鲜，而价钱极其便宜。

南方饭菜好吃，戏可并不好唱。里下河的人不大懂戏，他们爱看《九更天》、《杀子报》这一类剖肚开膛剁脑袋的戏，对"京字京韵"不欣赏。杭嘉湖人看戏要火爆，真刀真枪，不管书文戏理。包公竟会从三张桌上翻"台漫"下来。观众对从北京来的角儿不满意，认为他们唱戏"弗卖力"。哥几个一商量：回去吧！买了一些土特产，苏州采芝斋的松子糖、陆稿荐的酱肘子、东台的醉泥螺、鞭尖笋、黄鱼鲞、梅干菜，大包小包，瓶瓶罐罐上了火车。刨去路费，所剩无几。

进了门，洗了一把脸，就叫媳妇拿碗出门去买芝麻酱，带两根黄瓜、一块豆腐、一瓶二锅头。嚼着黄瓜喝着酒，叶德麟喟然有感：回家了！

"要饱还是家常饭"，叶德麟爱吃面，炸酱面、打卤面、芝麻酱花椒油拌面，全行。他爱吃拌豆腐，就酒。小葱拌豆腐、香椿拌豆腐，什么都没有，一块白豆腐也成，撒点盐、味精，滴几滴香油！

叶德麟这些年走的是"正字"。他参加了国营剧团。他谢绝舞台了，因为他是个汗包，动动就出汗，连来个《野猪林》的解差都是一身汗，连水衣子都湿透了。他得另外走一条路。他是党员，解放初期就入了党。台上没戏，却很有组织行政才能。几届党委都很信任他。他担任了演员队队长。演员队长,手里有权。日常排戏、派活,外出巡回演出、"跑小组",谁去,谁不去,都得由他决定。谁能到中南海演出,谁不能去,他说了算。到香港演出、到日本演出,更是演员都关心,都想争取的美事,——可以长戏份、吃海鲜、开洋荤、看外国娘们,有谁、没谁,全在队长掂量。叶队长的笔记本是演员的生死簿。演员多数想走叶德麟的门子,逢年过节,得提了一包东西登门问候,水果、月饼、酒。叶德麟一推再推,到了还是收下来了。"下不为例!"——"那是那是!这点东西没花钱,是朋友送我的。"

叶德麟一帆风顺。"文化大革命"后,原来的党委、团长都头朝下了,团里的事由"四人帮"的亲信——文化部副部长兼剧团总导演虞桧一手掌握,他带来几个"外行"[1]驻进各团监督,有问题随时向他汇报。但是他还得有个处理日常工作的班底,他不能把原来党委的老班底全部踢开,叶德麟留下来仍旧当演员队的队长。虞部长不时还会叫他去谈话,听意见,备咨询。叶德麟觉得虞部长还是很信任他,心中暗暗得意,觉得他还能顺着这根竿子往上爬几年。

叶德麟也有不顺心的事。

一是儿子老在家里跟他闹。儿子中学毕业,没考上大

---

[1] 戏班里把不是演员出身的人都叫做外行。

当代野人

学，也找不到合适的工作，只能到处打游击，这儿干两天，那儿干两天。儿子认为他混成这相，全得由他老子负责。他说老子对他的事不使劲，只顾自己保官，不管儿女前途。他变得脾气暴躁，蛮不讲理，一点小事就大喊大叫，说话非常难听。动不动就摔盘子打碗。叶德麟气得浑身发抖，无可奈何。

一件是出国演出没有他。剧团要去澳大利亚演出，叶德麟忙活了好一阵，添置服装、灯光器械、定"人位"，——出国名额要压缩，有些群众演员必须赶两三个角色。他向虞部长汇报了初步设想，虞部长基本同意。叶德麟满以为要派他去打前站，——过去剧团到香港、日本演出，都是他打前站，不想虞部长派他的秘书宣布去澳名单，却没有叶德麟！这对他的打击可太大了。他差一点当场晕死过去。这不是一次出国的事，他知道虞桧压根儿没把他当作自己的人，完了！他被送进了医院：血压猛增，心绞痛发作。

住了半个月院，出院了。

他有时还到团里来，到医务室量量血压、要点速效救心丸。自我解嘲：血压高了，降压灵加点剂量；心脏不大舒服，多来一瓶"速效救心"！他坐在小会议室里，翻翻报。他也希望有人陪他聊聊，路过的爷们跟他也招呼招呼，只是都是淡淡的，"卖羊头的回家——不过细盐（言）"。

快过年了。他儿子给他买了两瓶好酒,一瓶"古井贡",一瓶"五粮液",他儿子的工作问题解决了,他学会开车,在一个公司当司机,有了稳定的收入。叶德麟拿了这两瓶酒,说:"得唻!"这句话说得很凄凉。这里面有多重意义、无限感慨。一是有这两瓶酒,这个年就可以过得美美的,儿子还是儿子,还有点孝心;二是他使尽一辈子心机,到了有此结局,也就可以了。

叶德麟死了,大面积心肌梗死急性发作。

照例要开个追悼会,但是参加的人稀稀落落,叶德麟人缘不好,大家对他都没有什么感情。为什么会这样呢?

因为他对谁都也没有感情。他是一个无情的人。

靳元戎也是唱丑的,岁数和叶德麟差不多,脾气秉性可很不相同。

靳元戎凡事看得开。"四人帮"时期,他被精简了下来,下放干校劳动。他没有满腹牢骚、唉声叹气,而是活得有滋有味,自得其乐。干校地里有很多麻雀,他结了一副拦网,逮麻雀,一天可以逮百十只,撕了皮,酱油、料酒、花椒大料腌透,入油酥炸,下酒。干校有很多蚂蚱,一会儿可捉一口袋,摘去翅膀,在瓦片上焙干,卷烙饼。

他说话很"葛"。

干校来了个"领导"。他也没有什么名义，不知道为什么当了"领导"。此人姓高，在市委下面的机关转来转去，都是没有名义的"领导"，搞政治工作，这位老兄专会讲《毛选》，说空空洞洞的蠢话，俨然是个马列主义理论家。他是搞政治工作的，干校都称之为"高政工"。他常常出一些莫名其妙的馊点子。《地道战》里有一句词："各村都有高招"，于是大家又称之为"高招"。干校本来是让大家来锻炼的，不要求粮量，高招却一再宣传增产。年初定生产计划，是他一再要求提高指标。指标一提再提，高政工总是说："低！太低！"靳元戎提出："我提一个增产措施：咱们把地掏空了，种两层，上面一层，下面一层。"高政工认真听取了靳元戎的建议，还很严肃地说："这是个办法！是个办法！"

逮逮麻雀，捉蚂蚱，跟高政工逗逗，几年一晃也就过去了。

"四人帮"垮台，虞部长自杀，干校解散，各回原单位，靳元戎也回到了剧团。他接替叶德麟，当了演员队队长。

他群众关系不错。他的处世原则只有两条：一，秉公办事；二，平等待人。对谁的称呼都一样："爷们儿"。

他好吃，也会做。有时做几个菜，约几个人上家里来一顿。他是回民，做的当然都是清真菜：炸卷果、炮糊（炮羊肉炮至微糊）、它似蜜、烧羊腿、羊尾巴油炒麻豆腐。有一次煎了几铛鸡肉馅的锅贴，是从在鸡场当场长的老朋友那儿提回来的大骟鸡，撕净筋皮，用刀背细剁成茸，加葱汁、盐、黄酒，其余什么都不搁，那叫一个绝！

他好喝，四两衡水老白干没有问题。他得过心绞痛，还是照喝不误。有人劝他少喝一点，他说："没事，我喝足了，就心绞不疼了。"——这是一种奇怪的语法。他常用这种不通的语言讲话，有个小青年说："'心绞不疼'，这叫什么话！"他的似乎不通的语言多着呢！比如"文革"期间，有一个也是唱丑的狠斗马富禄，他认为太过火，就说："你就是把马富禄斗死了，你也马富禄不了啊！"什么叫"马富禄不了啊"？真是欠通，欠通至极矣！他喝酒有个习惯，先铺好炕，喝完了，把炕桌往边上一踢，伸开腿就进被窝，随即鼾声大作。熟人知道他这个脾气，见他一钻被窝，也就放筷子走人，明儿见！

他现在还活着，但已是满头白发，老矣。

一九九六年九月初

不　朽

赵福山准时去上班。他上班一向准时，每天八点半。"文革"前如此，"文革"期间也如此。他每天第一个到战斗组学习室。扫地，擦桌子，打两壶开水。这个战斗组是个大组，成员主要是三分队的：舞台工作队的、管衣箱的、检场的、梳头的、管"彩匣子"的、水锅（管烧开水），还有几个年轻演员，男女都有，有几个还是"角儿"。战斗组的成员一般都要到九点多钟才陆陆续续地走进学习室，今天怎么回事，都来了，人到得挺齐？军宣队的老庐也来了。地也扫了，桌子也抹了，水也打了，一个一个都端端正正地坐着，气氛很严肃。这是怎么回事？怎么了？

---

　　*初刊于一九九六年八月九日《中国城乡金融报》，初收于北师大版《汪曾祺全集》第二卷。

赵福山进门跟大家打打招呼:"来了!对不起,我来晚了!"

没人答理他,好像没瞧见他。

组长——一个戏校毕业生,调到剧团还不到一年的唱丑的宣布:

"现在开会。今天的会讨论的是赵福山同志。"

赵福山心里咯噔一下:"我?我犯了错误了?"

"讨论一下赵福山同志其人其事。他的为人,他在艺术上的造诣,他的艺术思想和美学思想。"

"美学思想?艺术思想?"赵福山听着这些新名词有点耳生。

首先发言的是唱青衣的女演员A,她说:

"赵福山同志是梳头桌师傅——"

军代表老庐不知道啥叫"梳头桌师傅",问:"他是管梳头的桌子?"

"——也称梳头师傅。赵福山同志在科班学的是'容装科',专门梳头。赵福山同志工作非常负责,每天早早到后台刮片子。"

军代表本想问什么是刮片子,怕显得过于外行,就没有问。

"假发、水纱、线尾子、压鬓簪、银泡子……一切都井井有条，用起来很顺手。他善于梳'大头'，也能梳'宫妆'。他的片子贴得特别好。小片子玲珑俊秀，大片子弧弯合适。不论是长脸、圆脸，贴出来都是瓜子脸。大家闺秀是大家闺秀，小家碧玉是小家碧玉。唱旦角的，经赵师傅一贴片子，就能增三分光彩。现在唱革命现代戏了，不贴片子了，赵师傅梳纂，照样很是样儿。李奶奶是李奶奶，阿庆嫂是阿庆嫂。我是演阿庆嫂的，我觉得赵师傅梳的髻，妥妥贴贴，看起来非常舒服。谢谢赵师傅！"

唱武生的演员B：

"赵师傅是梳头师傅，本来是管旦角化妆的，但是他也很善于勒头，老生、武生，都愿让他勒。他勒头舒服，而且根据戏的需要，随时调整。比如《挑滑车》'闹帐'是武戏文唱，就勒得松一些，《观阵》以后动作性强，幅度大，就在后台再紧一紧。经赵师傅勒的头演员不会头疼、头晕、想吐；也绝对不会'抔'[1]了。现在很少唱大武戏了，但是中央首长有时还要看，武生还得勒头。这样剧团还是少不了赵师傅。"

C——他是个管搬行头、挂吊竿的杂务，说："因此，他没有成了'板儿刷'。家有万贯，不如一技随身哪！"

军代表老庐问："什么叫'板儿刷'？"

---

1 在台上脱落盔头、发网，叫作"抔头"。

唱三路老生的 D 解释："咱们是样板团，吃的是样板饭，还发样板服。有的人下放五七艺校劳动，就享受不了这种待遇了。他们是样板团用不着的人，被刷下来了，他们就自称是'板儿刷'。"

唱丑的组长说：

"赵福山同志对工作极端负责，恪尽职守的精神，值得学习。"

军代表老庐插话：

"赵福山同志所以能够极端负责，是因为突出了政治。——他在'文化大革命'中有什么突出表现、先进思想？"

"先进思想、突出表现……"搬行头挂吊竿的 E 想了想："没有！老赵为人，安份守己，不多说，不少道；'大胆拿钱，小心干活'，不争戏份，不争牌位，——梳头桌上的，也没个牌位，他老实巴交，不突出！"

"他的群众关系如何？"

"——群众关系……人缘？"

"也可以这么说。"

"好！他从来没跟人吵架斗嘴，脸红脖子粗，和为贵！"

"他对同志有过什么帮助？"

"有！'文化大革命'初起，耿麻子——弹南弦子的耿同仁不来剧团，不上班，说是有病。造反派说：'不行，你在

不　朽

家里躲清闲儿！'造反派把他提喽到剧团，罚他站在当院大声念'语录'，要把头一篇念得背下来。耿麻子念了：'领导唵们的核心力量，是中国共产党，——"

"什么'唵们'！"一个革命造反派给他一个嘴巴。耿麻子心想：没有念错了哇！

"重念！"

耿麻子念：

"领导唵们的核心力量是中国共产党，指导唵们思想的理论基础是马克思列宁主义……"

造反派小将给了他两个嘴巴，——左右开弓。

"什么'唵们'！开搅是不是？"

耿麻子哭丧着脸，说："我哪儿敢开搅哇！"

耿麻子念语录时，赵福山挨着他，就轻轻提醒他："'我们'！'我们'！不是'唵们'。"

"重念！"

耿麻子被打懵了，再念，还是"领导唵们……"

造反派照他屁股上踢了一脚。"滚！"

老庐问："耿同仁为什么总是念'唵们'？"

唱小丑的组长说："老北京人说话都是说'唵们'。"

军代表觉得这实在说不上是突出的政治表现，就把话题引开，说：

"据我们了解,赵福山同志生活很简朴,不追求生活享受,这一方面有什么事迹?"

"有!"D迫不及待地接过话茬。"老赵一向自奉甚薄。"这位大字不识的苦哈哈忽然来了一句文词。"他日本人在的时候吃过混合面,拉不出屎来。国民政府来了,物价看涨,有时开了戏份,只够买个大海茄子。'茄子老了一嘟噜籽',一家人只好吃这个一嘟噜籽的海茄子。好容易,盼到解放了,能吃饱了。现在是'样板团',吃样板饭,食堂老有炸小丸子、烧带鱼,间长不短的还来半只香酥鸡,真是一步登天!不过香酥鸡、炸丸子,老赵自己都不吃,拿报纸包了,带回去给小孙子吃。样板饭只管中午一顿,晚饭还得回家吃自己的。老赵每天都是炸酱面,一年三百六十五日,天天如此。炸酱面也是肉少酱多。不过吃面一定要就蒜,'吃面不就蒜,等于瞎捣乱!'而且,要紫皮蒜。'青皮萝卜紫皮蒜,抬头的老婆低头的汉!'紫皮蒜辣。老赵爱吃紫皮蒜的精神值得我们大家学习!向赵福山同志学习!向赵福山同志致敬!"

军代表有点摸不着头脑,这开的叫什么会呢?

唱旦角的A拿出一个小录音机,放出哀乐。一个"跑宫女"的女演员从室外拿来一个小花圈,献给赵福山。唱丑的组长用庄严而低沉的声音,带一点朗诵的调子宣布:"会议到此结束,向赵福山同志学习!向赵福山同志致敬!"

D加了一句:"赵福山同志永垂不朽。"

全体起立,向赵福山三鞠躬。军代表老庐也随着一起鞠躬。

赵福山连忙答礼。他手里拿着花圈,不知如何是好。

一九九六年八月五日

当代野人系列三篇

三 列 马

"三"是《三国演义》,"列"是《东周列国志》,"马"是马克思主义。

耿四喜是梨园世家,几代都是吃戏饭的。他父亲是在科班抄功的,他善于抄功,还善于"打通堂"。科班里的孩子嘴馋,有的很调皮,把老板放在冰箱里的烧鸡偷出来,撕巴撕巴吃了,老板知道了,"打通堂!"一个孩子在台上尿了裤子,"打通堂!"全科班的孩子都打屁股,叫做"打通堂"。耿四喜的父亲在鼻窝里用鼻烟抹了个蝴蝶,用一条大白手绢缠了手腕,叫学生挨个儿趴在板凳上,把供在祖师爷牌位前的

---
* 初刊于《小说》一九九七年第一期,初收于《去年属马》。

板子"请"下来，一人五板或十板。用手绢缠腕子是防备把腕子闪了。每人每板，都一样轻重，不偏不向，打得很有节奏。打完一个，提上裤子走人，"下一个！"这些孩子挨打次数多了，有了经验，姿势都很准确利落。"打通堂"培养了他们的同学意识，觉得很甘美。日后长大了，聚在一起，还津津乐道，哪次怎么挨的打，然后举杯共进一杯二锅头："干！"

耿四喜是个"人物"。

他长得跟他父亲完全一样，四楞子脑袋，大鼻子，阔嘴，浑身肌肉都很结实，脚也像。这双脚宽，厚，筋骨突出，看起来不大像人脚，像一种什么兽物的蹄子。他走路脚步重，抓着地走。凡是"练家"都是这样走，十趾抓地。他很能吃，如《西游记》所说"食肠大"。早点四两包子，两碗炒肝；中午半斤猪头肉，一斤烙饼；晚上少一点，喝两大碗棒子粥就得。

他学的是武花脸，能唱《白水滩》这样的摔打戏，也演过几场，但是台上不是样儿，上下身不合，"山东胳臂直隶腿"，以后就一直没演出。剧团成立了学员班，他当了学员班抄功的老师。几代家学，抄功很有经验。他说话有个特点，爱用成语，而且把成语的最后一个字甚至几个字"歇"掉。学员练功，他总要说几句话勉励动员：

"同学们,你们都是含苞待,将来都有锦绣前。练功要硬砍实,万万不可偷工减。现在要是少壮不,将来可就老大徒了!踢腿!——走!"

他爱瞧书,《三国演义》、《东周列国志》看得很熟。京剧界把《三国演义》和《东周列国志》合列为"三列国"。三国戏和列国戏很多,不少人常看这两部书,但是看得像耿四喜这样滚瓜烂熟、倒背如流的,全团无第二人。提出"三列国"上的大小问题,想考耿四喜,绝对考不倒!全团对他都很佩服,送了他一个外号:"耿三列"。没事时常有人围着要他说一段,耿四喜于是绘声绘色,口若悬河,不打一个"拨儿",一讲半天。于是耿四喜除了"耿三列"之外,还博得另一个外号:"耿大学问"。

"文化大革命",天下大乱,一塌糊涂。成立了很多"战斗队"。几个人一捏估,起一个组名:"红长缨"、"东方红"、"追穷寇"……找一间屋子,门外贴出一条浓墨大字,就可以占山为王,革起命来:"勒令""黑帮"交待问题,写大字报,违反宪法,闯入民宅,翻箱倒箧,搜查罪证。耿四喜也成立了一个战斗组。他的战斗组的名字随时改变,但大都有个"独"字:"独立寒秋战斗组"、"风景这边独好战斗组",因为他的战斗组只有他一个人,他既是组长,又是组员。他不需要扩大队伍,增长势力。后来"革命群众"逐渐形成两大派,天天打派仗,他哪一派也不参加,自称"不顺南不顺北战士"。北京有一句土话,叫做"骑着城墙骂鞑子——不顺南不顺北"。不过斗"黑帮"的会,不论是哪一派召开的,他倒都参加的。同仇敌忾,义愤填膺,口沫横飞,声色俱厉。他斗"黑帮"永远只是一句话,"黑帮"交待问题,他总是说:"说那没用!说你们是怎么黑的!"

中国的事情也真是怪,先给犯错误、有问题的人定了性,确立了罪名,然后发动群众,对"分子"围攻,迫使"有"问题的人自己承认各种莫须有的问题,轮番轰炸,疲劳战术,"七斗八斗",斗得"该人"心力交瘁,只好胡说八道,把自己说成狗屎堆,才休会一两天,听候处理。这种办法叫做"搞运动"。这大概是中国的一大发明。

"黑帮"对耿四喜还真有点怵。不是怕他大喊大叫,而是怕他的"个别教练"。他每天晚上提出一个"黑帮",给他们轮流讲马列主义。他喝了三两二锅头、一瓶啤酒,就到"牛棚"门外叫:"×××,出来!"这×××就很听话地随着他到他的战斗组,耿四喜就给他一个人讲马列主义,这叫"单个教练"。耿四喜坐着,"黑帮"站着。每次讲一个小时,十二点开始,一点下课。耿四喜真是个"大学问",他把十二本"干部必读"都精读了一遍。"剩余价值论"、"政治经济学"、"上层建筑与经济基础"……都能讲得下来。《矛盾论》、《实践论》更不在话下。他讲马列主义也是爱用歇后语："剩余价"、"上层建"、"经济基"……

因为耿四喜熟读马列主义经典著作，使剧团很多人更加五体投地，他们把他的外号"耿三列"修改了一下，变成了"三列马"。

"文化大革命"结束后，耿四喜调到戏校抄功，他说话还是爱用歇后语。

耿四喜忽然死了，大面积心肌梗塞，抢救无效，呜呼哀哉了。

开追悼会时，火葬场把蒙着他的白布单盖横了，露出他的两只像某种兽物的蹄子的脚，颜色发黄。

一九九六年八月十四日

大尾巴猫

"文化大革命"调动了很多人出奇的洞察力和想象力，每天都产生各色各样的反革命事件和新闻。华君武画过一张漫画，画两位爱说空话的先生没完没了地长谈，从黑胡子聊到白胡子拖地，还在聊。有人看出一老的枕头上的皱褶很像国民党的党徽——反革命！有人从小说《欧阳海之歌》的封面下面的丛草的乱绕中寻出一条反革命标语："蒋介石万岁！"有人从塑料凉鞋的鞋底的压纹里认出一个"毛"字，越看越像。风声鹤唳，草木皆兵，神经过敏，疑神疑鬼。有人上班，不干别的事，就传播听信这种莫须有的谣言，并希望自己也能发现奇迹，好立一功。剧团的造反派的头头郝大锣（他是打大锣的）听到这些新闻，慨然叹曰："咱们为什么就不能发现这样的问题呢！"他曾希望，"'文化大革命'胜利了，咱们还不都弄个局长、处长的当当？"他把希望寄托在挖反革命上，但是暂时还没有。

剧团有个音乐设计，姓范名宜之，他是文工团出身，没有受过正规的音乐训练。他对京剧不熟，不能创腔，只能写一点序幕和幕间曲，也没有什么特点，不好听。演员挖苦他，说他写的曲子像杂技团耍坛子的。他气得不行，说："下回我再写个耍盘子的！"他才能平庸，但是很不服气。他郁郁不得志，很想做出一点什么事，一鸣惊人。业务上不受尊重，政治上求发展。他整天翻看报纸文件，想从字里行间揪出一个反革命。——他揪出来了！

剧团有个编剧，名齐卓人，把《聊斋志异》的《小翠》改编成为剧本，故事大体如下：御史王煦，生有一子，名唤元丰，是个傻子。一只小狐狸在王煦家后花园树杈上睡着了。

王煦的紧邻太师王潜是个奸臣。王潜的儿子很调皮，他用弹弓对小狐狸打了一弹，小狐狸腿上受伤，跌在地上。王元丰虽然呆傻，却很善良，很爱小动物，就把小狐狸抱到前堂，给它裹伤敷药，他说这是一只猫。僮儿八哥说："这不是猫，你瞧它是尖嘴。"王元丰说："尖嘴猫！"八哥又说："它是个大尾巴！"元丰说："大尾巴猫！"八哥说他认死理儿，"猫定了"，毫无办法。（下略）

范宜之双眼一亮："'大尾巴猫'说的是什么？这不是反革命是什么？"他拿了油印的剧本去找郝大锣，郝大锣听了范宜之的分析，大叫了一声："好！"范宜之洋洋得意，郝大锣欣喜若狂。当即召集各战斗组小组长开紧急会议，布置战斗任务，连夜赶写大字报，准备战斗发言。

大字报铺天盖地，批斗会大喊大叫。一开头齐卓人真有点招架不住。这是无中生有，胡说八道！有一个编导，是个老剧人了，齐卓人希望他出来说几句公道话，说文艺作品不能这样牵强附会地分析，不料他不但不主持公道，反而火上加油，用绍兴师爷的手法，离开事实，架空立论。他是写过杂文的，用笔极其毒辣。齐卓人叫他气得咬牙出血，要跟他赌一个手指头：只要他说一句，他说的话都不是违背良心的，齐卓人愿意当众剁下左手的小拇指，挂在门框上！造反派要审查《小翠》的原稿，原稿找不到。造反派说他把原稿藏起来了，毁了。齐卓人急得要跳楼。其实原稿早就交给资料室收进艺术档案了，可是资料员就是不说。问他为什么不说，他说他不敢！"文化大革命"大部分"战士"都是这样：气壮如牛，胆小如鼠，只求自保，不问良心。开了几次批判会，有个"牛棚"里的"难友"是个"老运动员"，从延安时期就一直不断挨整，至今安然无恙，给他传授了一条经验：自我批判，可以把自个儿臭骂一通，事实寸步不让，不能瞎交待，那样会造成无穷的麻烦。齐卓人心领神会。每次开批判会，都很沉痛，但都是空话，而且是车轱辘话来回转，把一点背景、过程重新安排组织，一二三四五是一篇，五四三二一又是一篇。而且他看透郝大锣、范宜之都是在那里唱《空城计》，只是穷咋唬，手里一点真实材料没有（也不可能有），批判会实际上是空对空。批判会开的次数多了，齐卓人已经厌烦，最后一次，他带了两页横格纸，还挟了一本《辞海》，走上被告席，说："郝大锣同志，范宜之同志，咱们把话挑明了，你们的意思无非是说'大尾巴猫'指的是毛主席，你们真是研究象形文字的专家。我希望你们把你们的意思都写下来。为了省事，我给你们写了一个初稿：

  我们认为《小翠》一剧中写的'大尾巴猫'指的是伟大领袖毛主席！如有诬告不实，愿受'反坐'之责，恐后无凭，立此存照。

郝大锣　范宜之
月　　日

"你们知道什么叫'反坐'吗？请翻到《辞海》六〇五页：

> 反坐，法律用语，指按诬告别人的罪名对诬告人施行惩罚。如诬告他人杀人者，以杀人罪反坐。

"请你们在这两页纸上签一个名。"

郝大锣、范宜之面面相觑，不知道怎么办。

齐卓人扫视在场"革命群众"，问："大家还有什么意见没有？没有，我建议散会。"

事情已经过了好几年，剧团演职员有时还会聊起旧事，范宜之看到周围的许多眼睛，讪讪地说："……那个时候嘛！"

郝大锣没有当上局长，倒得了小脑萎缩，对过去的事什么也想不起来了。

一九九六年八月十五日

去年属马

造反派到我家去抄家,名义上是帮助我"破四旧",实际上是搜查反革命罪证。夏构丕蹬了一辆平板三轮随队前往。我拿钥匙开了门,请他们随便检查。造反派到处乱翻,夏构丕拿了我的一个剧本仔仔细细地看。我有点紧张,怕他鸡蛋里挑骨头,找出什么反革命的问题。还好,他逐字逐句看过,把剧本还给了我。

第二天上班,我向牛棚里的战友说起夏构丕检查我的剧本时的紧张心情,几位"难友"齐说:"嘻!你紧张什么?他不识字!"

我渐渐了解夏构丕的身世。他是山西人,不知道父亲母亲是谁,是个流浪孤儿,靠讨吃为生。后来在阎锡山队伍上当了几天兵。新兵造花名册,问他"姓什?"——"夏!""叫什么?"他说:"知不道。"——"一个人连自己的名字都不知道,真是狗屁!你就叫夏狗屁吧!"他叫了几年夏狗屁。八路军打下了太原,夏狗屁被俘虏过来,成了"解放战士"。解放战士照例也要登记填表,人事干部问他叫什么,"夏狗屁。"——"夏狗屁?"人事干部觉得这名字实在不像话,就给他改成"夏构丕"。——"多大岁数?"——"知不道。"——"那你属什么?"——"去年属马。"人事干部只好看看他的貌相,在"年龄"一栏里估摸着填了一个数目。

夏构丕在"三分队"干杂活,扛衣箱,挂大幕,很卖块儿。

一晃几年,有一天上班他忽然异常兴奋,大声喊叫:"同志们,同志们,以后咱们吃炸油饼可以不交油票了!"(那时买油饼需交油票)

"为什么?"

"大庆油田出油了!"

"大庆的油可不能炸油饼!"

"咋啦?"

又有一次,他又异常兴奋地走进战斗组,大声说:"刘少奇真坏!"

"他怎么又真坏了?"

"他又改了名字了!"

"改成了什么?"

"他又改名叫'刘邓陶'啦!"

夏构丕成了红人,各战斗组都想吸收他。为什么呢?因为他去年属马。

一九九六年八月十七日

题　记

　　有一个外国的心理学家说过：所谓想象，其实是记忆的复合和延伸，我同意。作家执笔为文，总要有一点生活的依据，完全向壁虚构，是很困难的。这几篇小说是有实在的感受和材料的，但是都已经经过了"复合和延伸"，不是照搬生活。有熟知我所写的生活的，可以指出这是谁的事，那是谁的事，但不能确指这是写的谁，那是写的谁。希望不要有人索隐，更不要对号入座，那样就会引出无穷的麻烦，打不清的官司。近几年自我对号的诉讼屡有所闻，希望法院不要再受理此类案件。否则就会使作家举步荆棘，临笔踟蹰，最后只好什么都不写。你们有没有考虑过，多管闲事，对文艺创作是不利的。

　　我最近写的小说，背景都是"文化大革命"。是不是"文化大革命"不让再提了？或者，"最好"少写或不写？不会吧。"文化大革命"怎么能从历史上，从人的记忆上抹去呢？"文化大革命"是我们这个民族的扭曲的文化心理的一次大暴露。盲从、自私、残忍、野蛮……

　　这一组小说所以以"当代野人"为标题，原因在此。

　　应该使我们这个民族文明起来。

一九九六年八月二十一日

熟　人

"您好哇？有日子没有见了。

"您遛弯儿？——这个'弯儿'不错。有水，有树。

"今儿天气不错。挺好。不冷不热的。有点儿小风。舒服。

"您身体好？气色不错。红扑扑儿的。

"家里都好？

"老爷子身子骨还那么硬朗？有八十了吧？

"孩子都好？上大学了吧？

"您还在那儿住吗？"

"你是谁？我不认识你！"

＊初刊于《北京文学》一九九八年第一期，初收于北师大版《汪曾祺全集》第二卷。

梦

梦

给我一枝梦中的笔,
我会写出几首挺不错的诗。
可惜醒来全都忘了,
我算是白活了这一趟了。

锁 梦

呆少爷早上起来,问丫头伶俐:"你昨天夜里看见我

---

* 初收于北师大版《汪曾祺全集》第二卷。

没有？"

"看见你？——昨天夜里？在哪里？"

"梦里。"

"梦里？——我没有看见你。"

呆少爷操起鸡毛掸子要打伶俐。

"干嘛打我！"

正在洗衣裳的胡妈赶过来,也问：

"干嘛打伶俐？"

"昨天夜里她明明看见我了,她说没有！"

胡妈说：

"梦是心中想,你想她,她不想你。你做梦,她没有做梦。你看见她,她没有看见你。做梦怎么能当真呢？"

"那不行！今天夜里她一定要在梦里看见我！我在梦里等着你！"

这天夜里呆少爷睡得非常实在,什么梦也没有做。一睁眼,天已经亮了。他大声喊："伶俐！伶俐！你在梦里看见我没有？"

伶俐说："看见了！"

"你看见我在干什么？"

"看见你跟烧火的麻丫头亲嘴。"

"什么？我和麻丫头亲嘴？"

梦

"亲得吧唧吧唧地响！"

"还吧唧吧唧地响！——放屁！"

"对，一边亲嘴一边放屁。"

"什么！"

"吧唧吧唧，布布布布……你的屁很特别。"

"有什么特别？"

"光响不臭。"

"你到街上喊一个铜匠来！"

"干什么？"

"我要打一把锁把你的梦锁起来，不许瞎做梦。吧唧吧唧，布布布布，不像话！"

历 史

童阿杏是苏州乡下人。她的家里贴了很多张毛主席像。堂屋、卧房、灶披间,一张挨着一张,一点空隙没有。墙上都贴满了,就用纳鞋底的麻线在空中横一根、竖一根拉成天线,把主席像用曲别针别起来,好像"万国旗"似的。"早请示,晚汇报",从不耽误。还给毛主席洗脸,用一方干净毛巾擦拭这些像。于是童阿杏被树成典型,出了名。到童阿杏家参观的人络绎不绝。报社、电视台的记者来采访,拍照、拍新闻记录片,画家来画速写像……

童阿杏忙得团团转。除了接触各色人等,她还得抽出时间准备讲用稿。

童阿杏是学习毛主席著作的积极分子。她很会讲,讲学

＊初收于北师大版《汪曾祺全集》第二卷。

习毛主席著作的心得。从乡里讲到市里，又讲到省里，最后讲到北京。她的名气越来越大。她的讲稿摞在一起，大概会有半尺高。

但是童阿杏不识字。

——不识字她怎么会读毛著？

听的。广播里、电视里，一天到晚讲毛选。

——她有讲稿，她怎么能写讲稿呢？

别人写的。

——别人写的她也认不下来呀！

是画的。

——画的？

领导上给她配备了一个画家。她讲一个意思，画家就按照她的意思画了出来。她的讲稿上画的都是小人呀、小马呀、小河呀、小桥呀……

——具体的东西好画，抽象的概念怎么画呀？

我也不知道！

中国革命有中国的内容，中国的方式。"诉苦"是其一。

我在江西进贤参加土改。这个村子很穷，全村只有一户小地主，土地分散，不集中，土质不好，淤积很深，牛下了田，淤泥深及牛腹，亩产很低，是"冷水田"。因此农民对土地没有要求,对土改没有多大兴趣。他们感兴趣的只是分浮财,浮财也就是"绒线夹袄子"(毛衣)之类的不值钱的东西,还有阿斯匹灵之类的"洋药"。群众发动不起来。土改工作队很着急,把希望寄托在诉苦上。诉苦也不会诉,有的简直不知所云。有人诉得比较好,说起他们穷苦,是有内容的,语言也很生动。一个妇女诉道:她靠打柴维持生活,——打柴是打马尾松毛。一担松毛挑到集上,换不了一升米。多大的雨,也得去。雨水在竹扁担的槽里积得满满的,花花地往下流(当地扁担都是竹制,毛竹一剖为二,担起来青皮的一面朝下,槽面朝上,故能积水)。"雨水花花地流呀,也得去!"这个细节给我留下很深的印象。但是这跟阶级压迫、剥削好像没有多大关系。工作队一再启发,叫她说说她受的苦的根源,是谁造成她这样贫穷,她受的剥削压迫。

"剥削……压迫?"

"有没有谁压迫过你?"

"有!"

"什么人?"

"兔子!"

"兔子?"

"兔子!兔子好可恨呀!我在山坡上点种了豆子,兔子就把豆种翻出来吃了!种一次,吃一次!害得我颗粒无收!"

她对兔子控诉了半天,说:

"我诉完了。"

我在海拉尔听到一个区人民代表其其格的故事。她出身很苦,是个穷牧民,按成份应当说是奴隶。她非常能诉苦。她就是靠到处诉苦而当上人民代表的。她不会汉话。领导上派了一个青年作家给她当翻译。不过她的诉苦都是那一套。她诉苦有一个特点,上了讲坛,首先把靴子、袜子都脱了,露出光脚。她说:冬天,下大雪,她两只脚冷得不行,就把脚伸进牛粪里。她的十个脚趾都冻掉了……青年作家看她的脚趾,好好的!青年作家给她翻译了多次,实在忍不住了。有一次,当着很多听众,说:"你的脚趾好好的呀,一个也不缺!"人民代表说:"后来我就走呀,走呀,走呀……它就又长出来了。"

为什么要树童阿杏、其其格这样的典型?

这也是历史。

历史,有时是荒谬的。

焦 满 堂

剧团造反派司令部通知我,要上我家检查"四旧",叫我回家等着。

不多会,来了。三个人。他们是蹬了平板三轮来的(好装"四旧")。蹬车的是焦满堂。另外两个造反派坐在车上。

他们各有分工。一个造反派检查我的书籍,一个造反派检查我的信件、日记。焦满堂说:"你有什么反动文章,都拿出来。"我捧出一摞文稿。他坐在藤椅里一页一页地审阅,十分认真。

焦满堂是舞台工作队的杂工,管搬运服装道具,装台、卸台。因为出身苦,又是"工人阶级",所以是响当当的造反派。

＊初刊日期、初刊处未详,初收于人民文学版《汪曾祺全集》第三卷。

第二天，我回到"牛棚"。"棚友"问我昨天的情况。我说："还好，挺客气。焦满堂审阅了我的文稿。我还真有点紧张，怕他断章取义，找出什么反动的话来。""棚友"说："嘻！你紧张什么？——焦满堂根本不认识字！"

解放初期，剧团办了扫盲班。文化教员在黑板上写了"满"字，问焦满堂是什么字。焦满堂对"满"字相了半天面，说："焦。"教员又写了一个"堂"字，焦满堂说："满。"教员又写了一个"焦"字，焦满堂大声念道："堂！"

那时扫盲，用的还是旧的识字课本："人手足刀尺……。"头天教完了，第二天复习，教员在黑板上写了一个"足"字，叫焦满堂读出来。焦满堂不会。旁边一个唱丑的演员把脚抬了抬，给他暗示。焦满堂读："鞋。"教员摇摇头。唱丑的演员把鞋脱了，焦满堂瞄了一眼："袜子。"教员又摇摇头。唱丑的演员干脆把袜子脱了，焦满堂又瞄了一眼，念道："脚巴丫子！"教员说："你真行，会把一个字念成四个字！"

焦满堂是个好人，"文革"期间，他没有打过人。只是脑子是一盆浆糊。有一天上班，他非常激动地对人说："这个刘少奇真坏，他又改了名儿了！——改名叫刘邓陶了！"

"文化大革命"已经过了近二十年了，焦满堂今亦垂垂老矣，他已经当了爷爷。

祁 茂 顺

祁茂顺在午门历史博物馆蹬三轮车。

他原先不是蹬车的,他有手艺:糊烧活,裱糊顶棚。

单件的烧活,接三轿马,一个人鼓捣一天,就能完活。祁茂顺在家里糊烧活。他家的门敞着,为的是做活有地方,也才豁亮。他在糊烧活的时候,总有一堆孩子围着看。糊得了,就在门外放着:一匹高头大白马——跟真马一样大,金鞍玉辔紫丝缰;拉着一辆花毂辘轿子车,蓝车帷,紫红软帘,软帘贴着金纸的团寿字。不但是孩子,就是路过的大人也要停步看看,而且连声赞叹:"地道!祁茂顺心细手巧!"

如果是成堂的大活:三进大厅、亭台楼阁、花园假山

＊初刊于一九九四年十二月二十九日《钱江晚报》,初收于北师大版《汪曾祺全集》第二卷。

……一个人忙不过来，就得约两三个同行一块干。订烧活的规矩，事前不付定钱，由承活的先凑出一份钱垫着，好买色纸、秫秸、金粉、银粉、鳔胶、浆糊。交活的时候再收钱，早先订烧活，都是老式的房屋家具，后来有要糊洋房的，要糊小汽车、摩托车、收音机、电风扇的……。人家要什么，他们都能糊出来。后来订烧活的越来越少了，都兴火葬了，谁家还会弄了一堂"车船轿马"拉到八宝山去？

祁茂顺的主要的活就剩下裱糊顶棚了。后来糊顶棚的活也少了。北京的平房讲究"灰顶花砖地"。纸糊的顶棚很少见了——容易坏，而且招蟑螂，招耗子。钢筋水泥的楼房更没有谁家糊个纸顶棚的。

祁茂顺只好改行。

午门历史博物馆原来编制很小，没有几个职员，不知道为什么，却给馆长配备了一辆三轮车，用以代步。经人介绍，祁茂顺到历史博物馆来蹬三轮车。馆长姓韩。祁茂顺每天一早蹬车接韩馆长上班，中午送他回家吃饭，下午再接他到馆里，下班送他回家。韩馆长是个方正守法的人，除了上下班，到什么地方开会，平常不为私人的事用车，因此祁茂顺的工作很轻松。

祁茂顺很爱护这辆三轮车，总是擦洗得干干净净的。晚上把车蹬回家，锁上，不许院里的孩子蹬着玩。

不过街坊邻居有事求他,他总是有求必应的。

隔壁陈大妈来找祁茂顺。

"茂顺大哥,你大兄弟病了,高烧不退,想麻烦您送他上一趟医院,不知您的车这会儿得空不得空?"

"没事!交给我了!"

祁茂顺把病人送到医院。挂号、陪病人打针、领药,他全都包了。

祁茂顺人缘很好。

离祁茂顺家不远,住着一家姓金的。他是旗人皇室宗亲,是"世袭罔替"的贝勒,行四。旗人见面时还称他为"四贝勒",街坊则称之为金四爷,辛亥革命以后,旗人再也不能吃皇粮了。旗人不治产业,不会种地,不会经商,不会手艺,坐吃山空,日渐穷困。"四贝勒"怎么生活呢?幸好他的古文底子很好,又学过中医,协和医学院典籍教研室知道他,特约他校点中医典籍,这样他就有了稳定的收入,吃麻酱面没有问题,他过过豪华的日子,再也不能摆贝勒的谱,有麻酱面也就知足——不过他吃一碟水疙瘩咸菜还得切得像头发丝那么细。

他中年丧偶,无儿无女,只有一个侄女帮他做做饭,洗洗衣裳。

贝勒府原是很大的四合院,后来大部分都卖给同仁堂乐家当了堆放药材的楼房,他只保留了三间北房。

三间北房,两个人,也够住的了。

金四爷还保留一些贝勒的习惯。他不爱"灰顶花砖地",爱脚踩方砖,头上是纸顶棚,"四白落地"。

上个月下雨,顶棚漏湿了,垮下了一大片。金四爷找到了祁茂顺,说:

"茂顺,你给我把顶棚裱糊一下。"

祁茂顺说:"行!星期天。"

祁茂顺星期天一早就来了,带了他的全套工具:棕刷子,棕笤帚,一盆稀稀的浆子,一大沓大白纸。这大白纸是纸铺里切好的,四方的,每一张都一样大小,不是要用时现裁。

金四爷看着祁茂顺做活。

只见他用棕刷子在大白纸蹭蹭两刷子,轻轻拈起来,用棕笤帚托着,腕子一使劲,大白纸就"吊"上了顶棚。棕笤帚抹两下,大白纸就在顶棚上呆住了。一张一张大白纸压着韭菜叶宽的边,平平展展、方方正正、整整齐齐。拐弯抹角用的纸也都用眼睛量好了的,不宽不窄,正合适,棕笤帚一抹,连一点折子都没有。而且,用的大白纸正好够数,不多一张,也不少一张。连浆都正好使完,没有一点糟践。金四爷看着祁茂顺的"表演",看得傻了,说:"茂顺,你这两下子真不简单!眼睛、手里怎么能有那么准?"

"也就是个熟。"

"没有个三年五载,到不了这功夫!"

"那倒是。"

金贝勒给祁茂顺倒了一杯沏了两开的热茶。祁茂顺尝了一口:"好茶!还是叶和元的双窨香片?"

"喝惯了。"

祁茂顺告辞。

"茂顺,别走,咱们到大酒缸喝两个去(大酒缸用的都是豆绿酒碗,一碗二两,叫做"一个")。"

"大酒缸?现在上哪儿找大酒缸去?"

"八面槽不就有一家吗?他们的酥鱼做得好。"

"金四爷,您这可真是老皇历了!八面槽大酒缸早都没了。现在那儿改了门脸儿,卖手表照相机。酥鱼?可着北京,现在大概都找不出一碟酥鱼!"

"大酒缸没有了?"

"没有啰!"

金贝勒喝着茶,连说了几句:

"大酒缸没有了。大酒缸没有了。"

很难说得清他的话是什么意思。

八宝辣酱

工人阶级必须领导一切。

"文化大革命"期间,很多工厂停产,成立了"工宣队",进驻各个机关(主要是文化机关)。红卫兵、军宣队,再加上工宣队,于是天下大乱,乱成一锅粥。

工宣队的队员当然也是鱼龙混杂,贤愚不等。

打死玉渊潭的两只白天鹅的,就是进驻某剧院的一个工宣队员。今年冬暖,湖面尚未结冰,飞来六只天鹅,好些人站在岸边看。水中的鹅,岸上的人,都很悠闲。彼此无猜,信可乐也。

---

* 初刊于《当代》二〇一五年第二期,初收于人民文学版《汪曾祺全集》第三卷。

傍黑的时候，有一个工宣队员，提了一支半自动步枪，摸到岸边，"砰砰"两枪，击中了两只天鹅。另外四只天鹅吓得飞走了，从此再没有回来。

老邱（这位工宣队员姓邱）把打死的两只天鹅提回家，退了毛，切成块，下了花椒大料，炖熟了，约了几个哥们，就着二锅头足开了一顿。

工宣队开了生活会，对老邱开枪打死天鹅一事进行批评帮助，发言踊跃。最激动的是一位女同志。

"你为什么要开枪打死天鹅？"

"我要吃它。"

"为什么要吃天鹅？"

"天鹅好吃。我们家乡有言：'天鹅、地鵏，鸽子肉、黄鼠。''地鵏'我没有吃过。天鹅，天生来是我的一口食，我得尝尝！宁吃飞禽四两，不吃走兽一斤，我不能只是吃猪头肉！——吃得我身上都带着猪拱嘴的味道！人生在世，什么都得尝尝！"

"这是什么话！——你还怪有理！"

"没理的事我不干。"

"你这样做有损工人阶级的形象！"

"'工人阶级的形象'！你得了吧！我看啥形象？无冬历夏，一件油渍麻花的破夹克！"

"干这样的事，影响多不好！群众反映很大！"

"活该！"

老邱好像满不在乎，但还是感到一点心理压力。这几天好几份报纸都连续报道了有人打死天鹅的事，发表了好几封读者来信，很气愤。

不过他还是不在乎。

这人有点心理不平衡，对这个世界很不满意。他有个特点，喜欢虐待演员。他口里含着个哨子，"嘟嘟！"让演员紧急集合。"嘟嘟！"又立刻解散。"嘟嘟！"集合，"嘟嘟！"解散。他半天半天干这种事，拿演员当猴耍。这是对"三名三高"的演员的报复。

他闹得有点不像话，原来的工厂把他调回去了。

潘师傅岁数稍大，长得血脉和匀，面有光泽。这是个脾气很好的人，见人带笑，对"黑帮"也如此，站着跟人说话，很有礼貌，并不因为是"黑帮"，就横眉立目，大声训斥，带着一脸专别人政的杀气，——或者装出来的杀气。他被分配到剧院来，颇为兴奋。他是个票友，胡琴拉得不错，一心想到剧院来给"角儿"拉两段，始终未能如愿。一则，他那胡琴在厂里给票友调调嗓子，还够格，给专业的名角拉，差点事；再说剧院的角儿都成了"黑帮"，关在牛棚里，从牛棚里拉出个"黑帮"来让他唱一段，这也不像话。因此，他很失望。调回厂里之后,他还觉得失去了大好机会,很是遗憾。他留给"黑帮"一个很好的印象,事后"黑帮"们谈起他,还常说:"这人不错,很和气!"

老丁在厂里是车间主任,参加工宣队后,分工是领导剧本创作。但是他并不瞎指挥,不自以为是,不固执。

同时进行的有两个戏。一个剧院分为两个剧组。一个由工宣队——老丁领导。另一个由军宣队的王政委领导。这位王政委领导创作的方法简直有点离奇。他搞了一套大集体创作。由原来的艺术室的创作人员拟出全剧提纲,公布出来,发动全剧组(包括演员、乐队)都来写念白、唱词,一句也行,半句也行。每天下班之前由两个演员到各小组收集上来,在黑板上逐一公布。几经修改,终于敲定,剧本就完成了。原来的创作人员都靠边站了,或者做一点改白字,加标点等等边边沿沿的工作。王政委非常坚决,说是:"即使失败了,也要这样搞。"这是为什么呢?即使江青搞的"三结合"也没有这样的彻底。他这样做的用心是要树立一个大集体创作的范例,对创作方法革一次命,并且认为此方法应该推广,以后搞创作,都应该这样。他这样领导创作,结果是剧本搞得乱七八糟,不可收拾。他究竟是怎么想的,谁也不知道。有人说他大概有一种什么病。但是看起来很正常。他爱找人谈话,思路很清楚,用语很准确。只是他从不说笑话,也不谈往事,他说的全是书上的话,——农民把他的这种话叫做"字儿话"。

老丁和王政委不一样。这是一个平平常常的人,没有"工人阶级"的优越感,不以领导自居。他知道他对剧本创作实在是外行,不胡乱支着儿,瞎出馊点子。他的领导方法也只是合乎常情,不悖常理。每次讨论剧本,他都参加,但是听得多,说得少。他也参加讨论,甚至参加争论,但是平等待人,并不是一锤定音,他说了算。

他很坦率,很本色,爱聊天。从多次闲聊中,大家对他的身世历史都了解得差不多了。他现在是印刷厂的车间主任,年轻时在上海四马路一家象牙店学徒。他的主要"生活"是磨象牙牌九,用大拇指磨。这样才光滑细腻。这是费工的生活。磨了两年(象牙店学徒三年零一节才能满师),磨光了很多副牌九。牌九光了,他的拇指的皮厚了。每天得到老板家取饭。象牙店的伙计都由老板家供饭。他每天要由福熙[1]路到四马路取两次饭。饭菜无非是糙米饭、鸡毛菜、小黄鱼。有一天,下雨,他担着饭桶在四马路口摔了一跤,"卜碌笃",饭桶打翻,饭、菜、泥、水混在一起,一塌糊涂。怎么办呢?

"一人一碗阳春面!"

---

1 "熙"应为"煦"。——编者注

"一人一碗阳春面!"他不止一次说过这件事,似乎觉得"蛮有味道"。

老丁饮食简单。每天拿一只大碗到食堂里打三两米饭,从家里带来一瓶八宝辣酱。——肉丁、豆腐干,切成骰子大小块,加辣椒酱同炒,装在一个大玻璃瓶里。有人见他每天都是八宝辣酱,有些奇怪,老丁把玻璃瓶举起来,晃了晃,说:"迪只(这件)物件(东西)勿便宜!"

"迪只物件勿便宜",这句话里包含着什么样的感情呢?

有一个秦老头每天绕玉渊潭遛弯。他家就在玉渊潭边住。他每天要遛两次弯。天不亮就起来,太阳落了才回来。他走到水闸附近,腿有点累,就找了两块土墼摞在一起,坐了坐。这地方离老邱打死天鹅的草丛不远。老邱打死天鹅是他亲眼看见的。他想起了一些事,很有感慨,自言自语:

"嗑瓜子嗑出个臭虫,——什么(人)仁都有哇!"

非常年代里的人性小景

汪曾祺的晚年小说,率多短制。本集所收二十四篇小说,悉数如此。

有人或会说是日益走向洗练一途;有人或赞为"庾信文章老更成";有人说是实现了衰年变法;有人则会指出某些作品不够饱满,"淡"得过分,甚至说是年老气衰……

但翻读本集,谁也不能否认,感情充沛、神完气足之作,所在多有。

《天鹅之死》篇后缀句"一九八七年六月七日校,泪不能禁"。且不说作品本身的感染力吧,仅就六十七岁的作家把一篇小说写到自己老泪纵横,这样的场面怎么想都是感人的。

他的艺术探索热情也从未冻结。

《天鹅之死》把天鹅和跳"天鹅之死"的芭蕾演员两条线交错进行。《窥浴》是一首"现代抒情诗"。《八月骄阳》是现实主义的,却有意穿插这样的描写:

粉蝶儿、黄蝴蝶乱飞。忽上,忽下。忽起,忽落。黄蝴蝶,白蝴蝶。白蝴蝶,黄蝴蝶……

用蝴蝶的上下纷飞写老舍的起伏不定的思绪,作者在自觉地探索一种"意象现实主义"。

在多个作品里,汪曾祺写奇怪的梦、逗人的死,奇思妙想不绝,先锋派头不减。

在这些晚年作品里,汪曾祺继续展开着市井百态、人物群像。集中写梨园题材的不少,仅以这一批作品而论,就集合了剧团各色人等,举凡打"下串"的、打小锣的、打小鼓的、吹黑管的、写海报的、机关科员、剧务杂役、正骨大夫、梳头师傅……无不成为小说的主人公。

作者用基本是善意揶揄而又时见深沉冷峻的态度,描写小市民的愚昧、自私、偏执、睚眦必报等负面人格,或良知的泯灭、人性的迷失、美的毁灭。可以说,作者透过一幕幕社会的悲喜剧,展示人性的小景。

这些悲喜剧有一个共同的背景,那就是众所周知的那个荒谬年代。

　　本集中的小说和书信所关涉的主要故事时间，都发生在那个非常年代，或至少关涉到那一时段。如果不是本次结集，我们也许还意识不到，汪曾祺居然曾写下这么多关于那个年代的故事。

　　显然，在这些故事发生的当时，汪曾祺还不可能去书写它们。自四十四岁至五十六岁，他做的是听命的写作，既没有闲暇，也不可能有兴致，更重要的是——还不具备必要的理性审视距离。

　　这些，只能诉诸十年乃至更多年之后。——它们多数写作、发表在一九八四年之后，也就是作家本人六十四岁以后的十多年间。

　　在巴金《随想录》出版的纪念会上，汪曾祺曾发言说：

　　"我倒是希望他不要再写了，把这种沉重的历史负担放下来，轻松几年。我看他的书，很痛苦。好多年没有这种感觉了。他始终是一个流血的灵魂。我看这个血可以止住了，让别人去流流吧。"……"他的这个责任应该由我们担起来。"

　　这些书信和小说，正是汪曾祺身体力行"担责任"的体现，也是他对时代的良知性的发言。字里行间，都充盈着作家对人性的拷问、对历史的反思，是对非常时期里荒谬世事的温和而有力的批判。这种道义担当在汪曾祺是自觉的、有计划的、有持续性的，直到生命终结前夕。

当然也包括对自身的反思。这一点正是他在《随想录》纪念会上指出巴金最可贵的一点，"没有把自己'摘'出来"。这种自我反思，在因篇幅所限暂未能够或不便入收本集的另外一些作品中，表现更其鲜明。

这些作品对于汪曾祺来说，是真正不可或缺的。有了它们，我们乃确知，有着特殊际遇的汪曾祺，面对复杂的二十世纪，真正走出了历史的迷雾，用理性的艺术沉思，成就了完善的作家人格。

每个有良知的中国作家，都要在这个主题上有所发言。

有此一集，汪曾祺乃不遗憾。

徐 强

二〇一九年十二月十八日

图书在版编目（CIP）数据

非往事集 / 汪曾祺著. —杭州：浙江文艺出版社，2020.5（2021.1重印）
ISBN 978-7-5339-6016-2

Ⅰ.①非… Ⅱ.①汪… Ⅲ.①短篇小说－小说集－中国－当代 Ⅳ.①I247.7

中国版本图书馆CIP数据核字（2020）第012225号

非往事集　　汪曾祺　著

出版策划	星汉文章　读蜜传媒				
出版统筹	金马洛	选题策划	李建新	责任编辑	瞿昌林
装帧设计	生生书房	排版制作	胡亚超	责任印制	张丽敏

出版发行	*浙江文艺出版社*			
网　　址	www.zjwycbs.cn			
联系电话	0571-85152727（发行部）			
经　　销	浙江省新华书店集团有限公司			
印　　刷	浙江新华数码印务有限公司			
开　　本	787毫米×1092毫米　1/32	字　　数	100千字	
印　　张	5.625	插　　页	4	
版　　次	2020年5月第1版			
印　　次	2021年1月第2次印刷			
书　　号	ISBN 978-7-5339-6016-2			
定　　价	25.00元			

版权所有　违者必究

（如有印装质量问题，请寄承印单位调换）